软件园的森林

武治 著

长江文艺出版社

目　录

栖居与仰望（自序）

2010 年到 2012 年，我和老胡差不多跑遍了湖北所有的矿山。湖北煤矿比较少，产量很低，实际上后来基本上都关停了。湖北的矿山主要是非煤矿山，也就是金属矿，其中最多的是铜矿和铁矿；还有磷矿，湖北宜昌磷矿储量就非常丰富。下矿井的感觉很奇特：有的矿井垂直下去几百米，要站在升降机上被钢缆绳吊下去，像是在没有轿厢的电梯里，周围是混凝土筑成的井筒，看上去坚不可摧；有的矿井下井时需要坐在串成一串的矿车里，有点像小火车的车厢，咣当咣当晃动着把矿工送下去，把矿石拖上来；有的矿井巷道就是平巷，有一点坡度，可以走进去。那时候我们常常在清晨的雾色中走进深不可测的矿洞，慢慢被青山深处的黑暗吞没。矿井到了地下深处，也有很多奇妙的景观。我曾经下到一个铁伴生硅灰石矿最深的巷道里，地下一两千米，整个逶迤蜿蜒的矿洞四壁都是雪白的硅灰石，散发出浓烈的氨气味道，像是走在积雪下面的隧道里。至于说在矿井巷道壁上发现一大窝绚丽的水晶，或者在铜矿井下找到绿松石和孔雀石，在金矿昏暗的巷道里看到金灿灿的石头，那就太常见了。矿上的人往往热情好客，因为矿山基本上都在山里，所以对于到矿上来的人都会安排酒菜招待，吃些野味喝点散酒。矿上的人往往也豪爽霸气，因为那时候为了抢夺矿山资源争勇斗狠的事情很多，没有点狠气血性掌控不了矿山的。所以做矿山信息化业务那几年我们都挺开心，工作有趣，也挣到了一些钱。于是在 2012 年年底，我们买下了软件园 C3 栋的一整层楼作为办公室，一直使用到现在。

光谷软件园算是武汉很成熟的办公园区，所有的办公室基本上都是满的，这造成了早晚高峰时软件园周围的关山大道、南湖大道拥挤不堪，给人的感觉是这一带闹哄哄的。其实到了周末，或者是放长假的时候，软件园里会变得空荡荡，没有多少人。另外，软件园中间有一个很大的人工湖，围着湖边小路走一圈要十分钟。所以，整个软件园从外面看上去繁忙拥挤，其实在它的内部，空旷又安静。

自从 2013 年搬到软件园办公以来，我生活中的大部分时间都在办公室，在这里经过了十个春夏秋冬。我办公室的窗户正对着软件园湖。晴朗的早晨，阳光越过湖面直射进我的窗户，金色光芒洒在办公桌上，也会照在我的脸上，带给我强烈的喜悦和感动。

除非天气很冷或者酷热，中午餐后，很多人会沿着软件园湖边的小路散步，我也经常去走一走。湖边栽了不少的树。西边观景平台中央的树池里有一棵桃树，每年春天会开满红艳的桃花，看上去非常妖冶动人。桃树的旁边是几棵金桂，树龄有好几十年的样子，树形修剪得很好，秋天的时候树上隐隐开满金黄色的桂花，香气浓烈悠长，整个软件园湖的湖水就在芬芳中波光荡漾。在湖的西岸，有几棵高大的银杏树，其中一棵是母树，每年秋天都会挂满累累的白果，感觉像要把树枝压断。等到天气冷了，白果纷纷落在地上，树上的叶子也变得金黄，然后在风中飘落到树下的石板路上，有的会落到湖面上。沿着小路继续走，会穿过一小片松树林，松树高大笔挺，树下铺着一层黄色的松针。松树林旁边有一栋独立的办公楼，面积不大，只有三层，装修却很豪华。在湖的东北边，有好几棵柚子树，每年春天开花的时候那一段路很香，白色的蜡质花朵落在地上，非常惹人喜爱。从夏天开始柚子就挂果了，每天散步走过树下时，我总喜欢仰头望望树上青色的果子，看着它们一天一天慢慢长大，然后望向天空，晴朗的天空在柚子墨绿肥厚的叶子的映衬下，显得更蓝更高远。但是这些树上结的柚子不能吃。有一年冬天，树上挂着的柚子已经自然变成橙黄色，我从湖边捡起石头使劲儿甩向树顶，好不容易砸下一颗饱满的柚子，带回办公室切开，尝了一口，很苦。在软件园办公这些年，有时候晚上有招待，喝过酒之后我也会回办公室，顺路在湖边走一圈，如果有情绪有感觉也会写一首小诗。

十年来，我栖居在软件园这个地方，工作、生活、成长、老去。但是，因为有这个小湖，有湖边的这条小路，有路旁那么多或是高大或是低矮的各种树木，我会经常停下脚步，努力抬起头看向头顶的天空，回忆过去的事情，想一想未来的时光，酝酿一首不那么完美的小诗。时不时会有一丝沉默的微笑，有时甚至会有一粒泪光，闪烁在我的眼睛里。

我的第三本诗集，取名《软件园的森林》。

湖 边

微风开始带着凉意
从湖面来到石头岸边
岸边草丛里蟋蟀倾心唱出
它们知道的所有秘密和哀伤

垂钓的人隐身在树下
紧紧盯住水面上浮动的
荧光浮标　如果不是抿住嘴唇
他更像一条满怀渴望的鲫鱼

半空中蝙蝠的航线杂乱无章
它们取悦自己
上下翻飞　轻快而欢乐
不像是天生双目失明的孩子

有人在湖边坐了很久
看着天色暗淡　潮气升起
想想过去和未来的事情
在黑暗里　深深叹息了一声

2021 年 9 月 4 日

兰　州

一

从南滨河路的高楼上望去
河中央有一片砾石滩
从早晨开始
河水慢慢涨起
到了中午就会淹没那片石滩
天黑时　河水又会退去

南滨河路的车流
也像河水一样
有时涨起来
有时落下去
到了深夜　裸露出黑褐色的河床

上游不远处的刘家峡水库
一定是每天按时放水发电
经过一些时间
那些河水流到城里
就会淹没河中的石滩

于是　在兰州

黄河过上了有规律的生活

二

水车的车轴
要用到一根巨大坚硬的原木
这棵树一定生长在遥远的南方
被砍去树根和枝叶
沿着黄土道路运到河边

等巨大的木头干透了
加上其他木头
加上铁和油
开始在水边无声旋转
一些细小的河水被舀出来
沿着木头　流向田野

祖籍南方的水车
曾经在某个灾年
渴死在黄河边
它身后的九百亩土地上
没有一棵庄稼能活下去
也没有一个农民在灾年能活下去

三

兰州的山上
不适合生长树木
最多是夏天长满黑绿色的蓬草
到了冬天　它们会拔根逃走

现在高速公路两边的山坡上
栽了很多杨树
还有一些不认识的阔叶乔木
可以看到喷灌的水花高高扬起

"每棵树都是一台水泵
把稀缺的水透过叶子抽向天空"
曾经陪同一位水文学教授考察西北
他说过这句话以后就在车上闭目养神

离开的时候兰州刚刚下过小雨
机场高速旁的树木仍然青绿
但毕竟入秋了　不知道
这些乔木将如何承受兰州的冬天

2021 年 9 月 20 日

农历八月十六

去年秋天
我在院子四周栽上法国冬青
扎起密实的篱笆
到了今年　绿叶长起来
在湖边　把周围的世界隔离开

但是没有想到
今夜的月光清澈
天空中云朵疏离
月光视藩篱如无物
一年一度的透视　万物无所遁形

风声轻柔又有力
不是你我想象的那样
抚慰深入肌肤和骨骼
甚至直抵心脏
东边来的风从未如此温柔又深刻

多么幸福啊
这甚至是侥幸
月光在波浪上闪烁
水声轻轻拍打石岸
没有谁在此时不能放下负担和苦楚

他们都会羡慕我

所有人都会羡慕

有篱笆　虽然挡不住月色和秋风

但是　可以一个人站着

不需要和一棵高大的乔木在一起

2021 年 9 月 22 日

九月初五夜里

为什么身体里发出的声音
执拗地留在身体里
不愿意飞出去
做一只真正的黄蜂

呼喊　高歌　放声大笑
这些都可以惊动梦中人
连始终装睡的
也会禁不住颤抖一下

只有在初冬深秋
夏虫死于伤风
终于结束了声嘶力竭的一生
这时候　我们内心的噪音浮出水面

可以确信　甚至是侥幸
饶舌的道长或者闭着眼的方丈
在不能随便说话的夜晚
怀着善念诵经　直到天亮

2021 年 10 月 10 日

写给含璋

天气凉了
夜晚微微有些雨

在十字路口
你伸手握住我的指尖的时候
顿时觉得
这个世界真的待我不薄

2021 年 10 月 12 日

秋　天

我们家有个坚持多年的习惯

每年秋季开学的第一天

到学校报名以后

我和弟弟

回到麦场地的田埂上种萝卜

萝卜细小的种子像是褐色的蚕卵

每窝要撒上三四粒

有时从东边滩里来的风很硬

就要弯腰把种子放进土里

用手覆上黄土

毕竟是亲兄弟

在种萝卜这种农活上我们配合默契

村里的秋天往往干渴

最耐旱的庄稼都活得卑微低贱

根系发达却叶片枯黄

我们需要抬着水桶

一瓢一瓢地给萝卜秧浇水

孱弱的会被拔掉

一窝只留一两棵

想起这些时

我坐在南方温暖的秋天里

听新闻里说北方水灾

渭北高原连着两个月阴雨

留在故乡的亲人们

没有办法播种

没有办法收获

我想

今年冬天他们的生活会是最艰难的

甚至连萝卜都没有

2021 年 10 月 12 日

软件园的森林

树，是自己声音的囚徒
——特朗斯特罗姆

一

有几棵柚子树
在软件园湖的东北角
夏天的时候
隐秘的橘花香占据这里
很快　树上挂起爱情的苦果
青色的果子由小到大
展示着命运的捉弄和生活的不幸
等到明年初夏
所有的苦柚子突然消失不见了
肥厚油绿的叶子间冒出很多
小小的白花

年轻的软件工程师们
每天中午会沿着湖边散步
从这几棵柚子树下经过时
不管秋天还是夏天
总有人停下脚步
向着树梢　仰起头

二

一栋建筑高高的天台下面
枸骨树浑身长满了刺
始终沉默不语
像极了一个深陷于抑郁症的
高中男生

三

栾树　在很长时间里
是色彩绚烂的主角
它们会在某一个夏末的早晨
整个树冠都燃烧起来
像是一束一束巨大的火炬
然后火焰更加炙热更加金黄
让周围所有的树木都自惭形秽
之后的很多天里
火势时而暗淡时而复燃
颜色也反复变换
直到冬天的第一场雪降临的时候
无数的种子一夜之间飘散
只留下栾树们两手空空一无所有
怔在原地
像是经历了一场火灾的房东

四

细雨湿透了整个世界和软件园
桂树开花了
桂花的香是一种致幻剂
让湖边伫立的人可以短暂地忘却世间疾苦

五

软件园湖西北角的岸边
嫁接过的银杏树
过着不一样的生活
公的那部分枝叶繁茂
母的那部分有两个月时间
会挂满累累的果实

一棵与众不同的树
一半是男人一半是女人
一半是石头一半是山泉
一半是海水一半是火焰
一半是繁衍一半是虚妄

两棵苗圃里常见的
嫁接在一起的
无法掌握自己命运的银杏树

这是一场生死不明的指腹为婚

六

一定要分清楚木槿和木芙蓉
不同于匍匐在岸边的迎春
虽然也是丛生在屋檐下或者竹林边
但是
灌木毕竟是树

花期很长　没有芬芳
不被关注却没有缺席
不落叶的木槿和木芙蓉
在社会上过着真实、自我的田园生活
没有历经过惊涛骇浪

七

经常来钓鱼的人湿了鞋
只有柳树敢靠近水边

八

作为一场凶杀案的目击者
地产公司办公楼门口的几棵松树
这几年活得战战兢兢

树下总是铺满抖落下来的黄色松针

九

秋天　开始起风
软件园湖边浅水里
青萍拥挤在一起
它们对岸上的事情无动于衷
仍然开着紫色的花

作为挺水植物
青萍从低处看待这个世界
对森林和林下植物的故事
既不关心　也不羡慕

2021 年 10 月 22 日

喜　鹊

上班的路上
看到两只黑白花的喜鹊
落在红绿灯上
叽叽喳喳叫着
试图解说道路和朝阳

小时候的村子里
总有这样的喜鹊
体形更大　尾巴有一尺多长
还有年老的哑巴　张着空洞的喉咙
喜欢伸手指向高高的树梢

好像每个村都有一个哑巴
一个傻子　几个笑声爽朗的老鳏夫
村口游荡着一群黄狗
防备那些走街串巷的小生意人

今年冬天南方不冷
桂花很晚开放　香气更浓郁
今年北方水灾　村里淹水
除了那些已经老死的人
剩下的　不知道活得怎么样

2021 年 10 月 25 日

向日葵周末

一

早晨听到的第一声鸟鸣非常重要
预示着你今天将遇到的所有
尤其是在秋天　黄金被秋霜带来
撒得到处都是
一大群黑色的无名之雀
无声飞过湖面
关于未来
目前毫无征兆

是啊
在窗前努力乐观
才可能看到远处
高大落叶乔木树梢上
喜鹊空置的家园

二

桂花开始飘香的时候
寒蝉已经完全没有了声响

蚂蚁帝国出动大军
搜刮从天而降的蜜和黄金

该死的已经死去
活在世间的万物停止生长

这个季节不适合失败者和抑郁症患者
目之所及　都是伪装成收获的献祭

一只花栗色的野猫走过绿篱旁边
瞳孔映射出深深的灰色和绝望

三

赶快摘除头脑里黑色的念头
趁着它还没有疯狂生长
趁着秋天余温还在
柑橘仍然挂在枝头
栾树的果实还没有扇动着翅膀
蝴蝶一样飞走

赶走那些耳鸣
那是消极厌世的道士
在鼓膜上唱诵经文
身体里的矿工不愿意停下
直到煤层的尽头

所有疼痛和悲愤都是暂时的
可以用健忘治疗健忘

秋天的向日葵
不需要寻找太阳了
插到花瓶里的时候
黄金花朵
始终朝着夜晚的方向

四

切莫被桂花的香气迷惑
路旁满身枣红色叶子的乌桕树
如同两排燃烧的火把
还有银杏树　挂满金箔
为盛大的节日增加色彩
如果没有风
天空比任何时候都清澈辽阔
湖水波浪不起
鲫鱼和螺蛳各享天年
岸边浅水里的浮萍
在秋风乍起时开出紫色小花

切莫被美好的植物和花香所迷惑
这是收割的季节　田野里只剩下
麦秸和稻茬

让镰刀少事休息
请静静地屏住呼吸
认真享受最后一刻安宁

2021 年 11 月 3 日

立 冬

立冬这天
中国由北向南降温
很多地方下雪
这个城市有雨　忽然变得很冷

从大桥上经过的时候
看到江上的轮船缓慢航行
有顺流而下去往大海的
更多的在吃力地逆流而上

寒风中瑟瑟发抖的
都在寻找温暖与庇护
那些迎风而行的船吃水很深
它们真能忍耐　像是些无依无靠的人

2021 年 11 月 8 日

清　晨

临街有些店铺还没有开门
阳光透过玻璃橱窗
落在那些鲜艳的水果上
有些店铺开了门
摆在档口的紫菜薹
开着细碎的黄色小花

两只喜鹊
从铁路桥的一边飞到另一边
它们欢快地
叫出司空见惯的触景生情
此时一大群黑色的鸟从高处飞过
没有发出一点声音

有人弓起身体努力踩着单车
在桥的坡顶终于松了口气
他扭头看向旁边
桥下两道铁轨
明晃晃的
不屈不挠地伸向远方

2021 年 11 月 8 日

碎　片

我曾面临多少深渊而歌唱

我曾在多少镜子里生活

——阿赫玛托娃

匆匆忙忙赶着上班的人

就像要着急去教堂

忏悔和祈祷的信徒

没有任何犹疑与停顿

虽然他们对上帝所知甚少

我女儿参加的周末合唱团

在地铁站里的一处房间

反复练习和声

密不透风的地下室

居然容得下那么多孩子大声歌唱

一首描述季节变化的诗

被面无表情的朗读者破坏了

现在所有铅笔和纤细的手指

写出的句子都相同

文字远离竹简　不改内心空洞

今年的第一次寒流和历史上一样

来自遥远的西伯利亚
带着毫无新意的突袭和阴冷
谋生活的中年人和放学的孩子
都缩着脖子　再次加快了脚步

2021 年 11 月 8 日

阿富汗地毯

绵羊的日常生活枯燥
不是兴都库什养活了它们
是它们用柔软的嘴唇
维系着砾石山脉
奄奄一息的生命

远处的枪声如星光般虚无
篝火会让寒冷退到光明之外
牧羊人沉沉睡去
怀里的皮鞭柔软
如同一头老牛的心脏

绵羊们挤成一团
它们沉默
在世界上任何地方
命运艰难的事物
神色　看上去都一样

明天它们会脱下毛衣
虽然天气更寒冷
虽然最终精心编织的地毯会被踩在脚下
但是作为这片土地上的精灵

懂得奉献　就是对生命最大的敬畏

2021 年 11 月 14 日

大 雾

看不见的深秋
能够清晰听到

风声擦响耳朵
还有波浪
树叶齐声拍手
水边浅草里遁世的一对野鸭子惊叫
芦苇摇摆荻花
鲢鱼跃出水面又啪的一声跌入湖中

对岸犬吠
应该是一只孤独的黄狗
还有打麻将的声音传来
在某处暗室
有四个人围成一圈坐着
像是篝火旁怀抱长枪的猎人
目光闪烁　彼此各怀心事

只有道路两旁的茅草无声
忽然枯黄

2021 年 11 月 20 日

寒　流

仍然不肯放弃最后的红色花朵

倔强的木芙蓉几乎落尽绿叶

在寒流突袭的初冬

作为灌木

不知为何表现得如此愤世嫉俗

骨子里脆弱单纯的樟树四季常青

只有在未来下雪的夜里

能够听到噼啪噼啪

因为无法忍受积雪压迫

树枝最终折断的声音

水杉高耸的树顶最适合做窝

喜鹊站在湖景房的阳台上满眼荒凉

灰色的背景下

候鸟们远遁

只有决绝的人敢披上黑白相间的袍子

夹竹桃有毒

这个时候却最有风度

叶子青翠　等着明年春天开花

那些花朵鲜艳　没有香味

谁都不能漠视　　谁都不能亲近

2021 年 11 月 21 日

今晚小雪

月亮
无疑是越来越遥远了
绝大多数睡梦中的人
并不知道自己已经
被抛弃

即便更加努力弓起身体
也不能跃起更高
即便是树梢落在地上的影子
也不要轻易踩踏
最好轻轻跨过

尽量仰起头
在无人同行的晚上
就没有必要左顾右盼
此时做个心高气傲的皇帝
独占空荡荡的庙堂

月亮作为一个模糊的句号挂在天上
能否让结束来得早一点
这并不取决于孤独的夜行者
只是时刻提醒着

不管如何延迟　万物终将归于沉寂

2021 年 11 月 23 日

昨天小雪

气温迟迟不肯降低
雪　一直无法翻越秦岭向南而来
这导致了湖边水草丰茂
花朵始终开放　无法凋谢

暮色茫然
湖面波浪变幻
身份不明的风声从水杉灰色的发梢
跳到柳树破败的披风里

冬天太晚到来并不要紧
没有人急于跃入冰冷的河流
我们迟早要回到
独善其身者应有的状态

倒是那些被温暖蒙蔽的候鸟
再不及时醒悟提早离开
它们最终会在
必将到来的寒流中瑟瑟发抖

2021 年 11 月 23 日

挽 歌

秋天到了最后
那种冰凉的感觉
落尽叶子的月季枝头
深褐色的决绝的刺
扎进肌肤时
带来的寒意
让人禁不住颤抖

喜鹊从地上跳到树梢
在风中裹紧黑白两色的外套
它们大声叫出苦恼
没有其他的鸟类应和
毕竟　各人有各人的命运
即便在同一片林中
各自都是一座孤岛

落日余晖将尽
温暖残存在枯草叶尖
河流源头的山坡上
新近隆起的坟墓
在夕阳下标注着起点和归宿

2021 年 11 月 28 日

早 晨

软绵绵的太阳被黑色的电线缠住
挂在高压电塔上
初冬的晨雾或浓或淡
涂抹在湖岸和远处行人的后背

穿着防风衣　戴着模糊的帽子
划船的人用长竹竿使劲儿一撑
木质小船从草丛中划向湖心
舱里堆放着禁捕期　漏洞百出的渔网

有那么一刻
偷鱼的人悲伤地望向水面
除了涟漪　那里什么都没有
幻想中的鱼群潜伏在温暖的水底

河蚌闭紧嘴巴　田螺关上房门
湖边走路的人对天气越来越失望
站在一棵水杉树下　使劲仰起头
想要看穿雾霾和世间炎凉

2021 年 11 月 29 日

阳逻码头

那些巨大的货轮

有的从上游来

有的从海洋来

它们无论来自何处

面目相似　乌黑的外表坚强

心里想些什么不得而知

顺流而下的时候故作轻松

在江上停下来

看上去心事沉重的样子

像是一头拼尽了力气的老牛

喘着粗气　站在地垄的尽头

阳逻码头

就是河边的小餐馆

让这些风餐露宿的轮船

和疲惫不堪的水手

喝杯酒

发会儿呆　打个盹

2021 年 11 月 30 日

说出的话被风吹散了

—— 致西蒙娜·德·波伏娃

琐碎浅薄的日常之上
虚无主义和悲观主义纠缠
难以进入认真思考令人不安
荒谬由此获得一席之地

累积在生活表面的光泽
需要被刮除
时间紧紧抓着物质的把柄和破绽
与之较量

无法独自承载世界的重量
说出的话被风吹散了
不光是出于纯粹的欲望或好奇
每个人都渴望逃离

两个催眠师在夜里较量
先行睡去的那个输掉投降的权利
如何保持局外人的身份
成了导致阅读者失眠的疑问　无法作答

2021 年 12 月 7 日

野鸭子

竹子整天在风中瑟瑟发抖
旁边的樱树刚颤动一下
满身的叶子就落光了

苍茫的东湖上一只孤独的小野鸭子
忽然潜入水里
寻找更深的孤独

湖对岸说风凉话的人
看不见表情
他也在风里　头发花白

眼前的水面波纹细密
仿佛这个世界因为某件事情
忽然变老了

天气阴冷
此时我们多么需要一场降雪
来修补凌乱的山河

2021 年 12 月 12 日

美丽新世界

——致阿道斯·赫胥黎

有些词
像针尖一样闪耀
刺破了气球膨胀的梦想
砰的一声
盛世繁华在眼前消失殆尽

这还不够尖锐
有些短语虽然肉眼看不见
可以穿透铠甲
照亮舞台上发号施令的帝王
空荡荡的内心

已经不能承载自身的重量
任何一个标点
都会要了句子的命
本来是石头
现在成了被风驱赶的浑浊空气

每本书都可以是魔毯
载着冥顽不化的沉重谜底
飞越火葬场高耸的烟囱
这段航程过于跌宕起伏

所有乘客既不能逃离又疲惫不堪

阅读者
无法心平气和面对席卷而来的寒潮
只能闭上眼睛
世界暗下来
唯有躲避可以带来一些温暖

2021 年 12 月 13 日

长江三桥

中午从白沙洲大桥经过
现在是枯水期
江上雾蒙蒙的
缓慢行驶的轮船小心翼翼
也显得步履艰难
沙洲上草木凋零
可以看到迎水的洲头
裸露出大片灰白色的沙滩
夏天时沙洲上放牧的马群
此时不见了踪迹

一定是有人驾一艘小船横渡大江
在冬天到来时
把那些红马从烟波之上
接回到温暖的家园

2021 年 12 月 16 日

寒潮抵达的夜里

寒潮终于如约而至
谁都不会想到
月光竟如此清冽明亮
那些目光游移不定
心怀叵测的星辰
都被赶走了
只留下钻石一样闪耀的北极星
只留下坦荡的天空万里无云

因为寒冷佝着身体走路的人
在月光下居然透明　看上去清清白白

2021 年 12 月 18 日

月 夜

冷空气无声无息而来
笼罩了天地
四季常青的乔木
看不出有所忌惮
寒冷的深夜里
倔强的枝叶虽然微微颤抖
但依然不减青绿

月亮清朗
如高层住宅上一户人家的灯火
在空中高悬
无论养白兔的单身女人
还是女儿尚且年幼的三口之家
此时都安静平淡
一如生活该有的样子

远处传来各种坏消息
渭河平原轻易传播的流行病
湘江流域水中致命的重金属
在枯水期
可以想象无助的河床
袒露干瘦的肋骨和结石
不干净的事物都无处藏身

冬天最冷的时候

未来更加值得期待

春天抵达时

一定会有大雨和

汹涌而来的桃花汛

冲走那些石头和枯木

留下崭新的泥沙和希望

2021 年 12 月 22 日

汉　口

一元路

二曜路

三阳路

香港路左转是京汉大道

这里以前有一条铁路

连接长江边的粤汉码头与遥远的华北平原

碎石铺成的路基上

两条明晃晃的铁轨向前无尽延伸

把这个城市和中原大地　山河

切成两半

如今铁路没有了

民国时游走江湖的人

也散落在天涯各处的坟茔里

有的绿树掩映　有的荒草萋萋

夜色里汉口的路上仍然行人匆匆　霓虹闪烁

只有街角的路牌愣在原地　忽然就是一百年

2021 年 12 月 23 日

今年的最后几天

所有人都清楚冬天已经到来
曾经意气风发的枫杨树
去掉了盛装
哆哆嗦嗦
站在湖边的风中

野鸭子挤成一团
水面上似乎就不那么冰冷了
喜鹊落在草丛里
低头寻找着樟树黑色的种子
一无所获时闭紧尖利的嘴巴

只有钓鱼的人不肯放弃
仍然在岸上
徒劳地把鱼钩和诱饵
一次一次抛向水里
想从冬天　捞到一些意外之喜

2021 年 12 月 25 日

小　寒

冷　是一块湿漉漉的青石板
把冬天压在地上
雨中的鸟巢
成了危房
伸手举着这座茅草小屋的樱树
在风里微微颤抖
细长的枝丫上叶子早都荡然无存

今晚一定很难熬
希望所有把家安在树梢的鸟儿
都去投亲靠友
有温暖的怀抱暂时收留它们

2021 年 12 月 30 日

新　年

> 我越是指责自己
> 就越有权审判你
> ——加缪

寒冷和一场大雪
会让时间回到起点
疲惫了一年的钟表
在此刻咔嗒一声又拧紧了发条

挂在树上的鸟巢
显然是被遗弃了
门窗洞开　没有人留守
这些旧宅迟早会坍塌

城市里
睡在高处和各种噪声中的人
完全失去了做梦时微笑的能力
不如留在泥土下的蚯蚓和蚂蚁

不能诿罪于一列火车或者
一艘无法返航的轮渡
在每一个关头能救下自己的
接受了作茧自缚的约定

现在已经不适合回忆

旋转的轮子　只有顺时针方向

即将启程的路上

祝愿所有人不要背道而驰

2021 年 12 月 31 日

大　寒

时光一闪而过　河流悠长
经历了我们不知道的故事
走过无数原野
改变了多少山川

有时清澈有时浑浊
能带走的石头在怀里变成沙子
带不走的沙子留下来
在夜里成为每晚歇脚安睡的床

把青绿色的春天
一路拉扯着
分分合合
春天老成了岸边结着薄冰的寒冬

既然不能在最冷的时候留下来
一起围着篝火喝酒　等待下雪
那就让河水先走　也许翻过前面的山口
就有桃花在岸上盛开　如同朝霞

2022 年 1 月 20 日

雪

一

刚开始下了十几分钟
有的屋顶就白了
那些房子里一定很冷
主人远行　落雪之前没有归来

二

今天的雪必是带着某种使命而来
在这种时候
造谣生事的人战战兢兢望向天空
要不了多久　大地会白茫茫一片

三

冬青茁壮
整齐站成一排
飞雪落在树梢
叶子更加青翠细密
这绿色白顶的围墙
遮挡住了身后的大院深宅

四

下雪总是让人想围着火堆喝酒
像林冲那样
我们的朋友李老板
每年第一场雪到来时
要请大家涮羊肉
无论他住在哪座城市
和谁在一起
这是他很多年的习惯

五

雪　无声落入湖中
湖面没有结冰
成群的野鸭子虽然寒冷
尚有随波逐流之处

六

天空浑浊
抖落下来的雪花颜色暗灰
只要你留心
这座泥泞的城市里
某些角落

有满树鲜红的梅花此时轰然绽放

七

长江以南
每年不过一两场雪
下雪时意味着过去结束了
也意味着
温暖　随后就来

八

时而下雪时而下雨
屋顶上结了一层薄冰
路上湿滑
我赶了十几公里
去看一眼几年前移栽的那株蜡梅

九

早上读昌耀的诗
也只有这种天气才能配得上他
也只有鹰　岩石　荒原　马刀
这些冰冷坚硬的事物
才配得上遥远边疆
喝酒喝死了的老男人

写诗写死了的老男人

十

温暖的感觉让人昏昏欲睡
只有寒冷
雪籽打在脸上像刻刀戳在石头上
让人冷静又惶恐
急于逃离急于放弃

冰雪　对于某种年纪的人
是试金石
是照妖镜

十一

雪夜从江上路过

桥下
浩浩荡荡的江水
是高原的冰川　雪崩　冻裂的石头
连同唐古拉草坡上牦牛的轻吻和
藏羚羊的回眸
几千公里奔流而来

雨夹雪　从昏暗的天空落入江心

那么急切　奔赴母亲的怀抱

十二

冷峻的人生
会有温暖圆满的结局
雪夜跋涉的人会在最后推开一扇门
跌倒在炉火跟前

恰如今夜
大河两岸雨雪纷飞
小巷深处　路缘石结冰
与此同时
滔滔江水向东　一刻也不停歇
奔赴春天

2022 年 1 月 28—29 日

夜宿汉乐府酒店

长安城下　护城河水几经血色

红色战马和夜不解胄的少年

都葬身于此　也有人被运回故土掩埋

箭镞仍然紧紧咬住背上的骨头

城外　四面篝火熊熊燃起

骆驼和蒙古马饥不择食

杀人如麻的汉子喝醉了

肋下弯刀在鞘内轰鸣不已

他们围着火堆跳舞啊

他们三班倒　彻夜攻城不止

芒硝火药填充在石头里

木头和镔铁在此时没有用武之地

夜色最终沉默寂静了

城池崩溃或者　箭垛后坚守的战士

死于一场瘟疫

几千年的厮杀现在化作没有月色的深夜

过去的人和故事都留在宣纸里

今夜

我借宿于荒废的汉城之下

鼓角争鸣远去

阵阵寒意袭来

2022 年 2 月 5 日

正月初七

神在天上撒面粉
绿色的樟树上就结了厚厚的糖霜
从外地来到城里的夹竹桃
身体里有毒
承受不住突然落在身上的甜
歪倒在路边的地上
特别像喝酒喝醉了的人
心里的苦只能说给泥土听

只有大地上的麦子
瘦弱　倔强的留守儿童
此时谦卑又勤劳
正忙着把上天的恩赐
搬进自己的身体里

2022 年 2 月 7 日

无名之辈

这首歌唱了谁的故事
伤心又绝情
爱着　用针扎自己
河边的梅树花期已过
花朵谢了　落在流水里

为着忘却
硬要从土里拔出
去年长出的幼苗
不要让柔软长大
会芳香四溢　引来心怀不轨的人

记着的
刻在骨头上
谨小慎微的守夜人
一边拨旺篝火
一边磨亮本来就锋利的刀子

过路的人加快脚步
想要逃离冬天最后一场雪
树梢的残冰正在融化
春天还远

过路的人　祝愿你有个美好未来

2022 年 2 月 18 日

听阮博士鼓琴

有人从那么远的地方渡海而来
住进东湖的冬天里
读书　斫琴
伺候兰花
东湖下雪的时候煮雪水　烹茶

他自己酿酒
据说是用一种淮河边生长的高粱
加上井水　加上早晨天亮时的鸟鸣
蒸出的头道酒自己独饮
剩下的储存在瓶子里
等着风轻云淡　月光来照亮竹丛

在山下
梅花快要落尽了
几百年枯瘦的桐木　心含痴情
被琴弦紧紧箍住
远处一树樱花含苞
只盼着春风柔软的那一刻

2022 年 2 月 18 日

战争在别处

外面一片漆黑
这个城市在下雨
昨天的阳光逃得无影无踪　　恍如隔世

有多少温暖在来的路上被伏击
就有多少花蕾在绽放之前
死于倒春寒

不下雨的地方更寒冷
枪炮喷出的火焰　　房子燃烧的火焰
又黑又重　　吞噬安宁

躲藏在地窖里的人像冬天安静的土豆
也像屠宰厂门前排队的绵羊
用大衣裹紧脖子

爆炸声在别处　　战争在别处
死去的人也会埋葬在别处
但是流血的声音　　就在耳边

这场雨不知道什么时候停止
无论如何不会太久　　黑暗不会太久

毕竟　钢铁和子弹都不能杀死春天

2022 年 3 月 3 日

惊　蛰

夜晚格外黑暗
汽车大灯能照亮的前途
只能边走边看

但是能感觉到暗处
绿色在萌动
道路两边的旷野里　有事发生

雨已经开始下了
埋伏很久的生命被唤醒
即将开始大规模的反攻

平原和山丘　石头下和浅水里
无数的耳朵在等待
大地上炸响第一声惊雷

2022 年 3 月 5 日

江滩所见

到江边去
到旷野上去
到微风中去
到春天里去

看看那些高大又虚弱的事物
烟囱向着天空大口喘息
活过了冬天
它们可以站着睡一会儿了

隐藏在地下的细小的生命
都会探出头打探消息
浅水中的蝌蚪们努力生长
想早点喊出心中渴望

带着死亡气息的瘟疫
反复迁徙的候鸟把黑色影子投射在湖面
清白和阴暗的
都来把自己摊在阳光下　晒一晒

2022 年 3 月 13 日

关于战争的新闻

一

有人在山林中淋雨
有人躺在地下听雷声

金属从天而降
无论谋杀缘何而起
总有孩子死于倒春寒
总有山花无情开放

闪电撕裂的
大地来缝补
岩石被敲碎
山坡上野草会疯狂生长

这个春天被反复锻打
最后会有一部分交给邮差带走
还有一部分装入棺木
埋在脚下

二

孤零零的尸体
从空荡荡的天空中落下

风筝断了线
挂在没有发芽的树梢

在火焰闯入之前
山林静谧　背阴处积雪尚未消融

钢铁巨人像是疯狂的野牛
在原地旋转咆哮　最后死于自焚

这场难以挣脱的梦境如何结束
只能等着春天冲破堤坝　泛滥而来

2022 年 3 月 27 日

春水方生

本该逃命而去的士兵愣在河边
芦芽遍地
河豚躺在细釉鱼盘中间
野鸭子在夹竹桃的树影之下荡漾
青绿色的竹子此时适合做笛

将军一心决一死战
如木船上的布帆鼓荡在东风里
刺绣的锦袍上
大朵的牡丹红得耀眼

梅花落于南山和北山
没有什么事情值得特别伤心
烽烟的味道几千年来没有变化
无论在冬末
还是桂树发芽的时候

趁着苇叶尚且细嫩　涛声平静
渡江吧
不要留恋清明
不要留恋杏花

2022 年 3 月 29 日

愚人节

三月　是当在当铺里的白银
最后的财富拿不回来了

连同微风　叹息　葬礼　紫玉兰
樱花开得再好也于事无补

下雨太多　天气忽冷忽热
褐色的布谷鸟一病不起

身体虚弱的人不要靠近水
湖边已经生锈的铁栏杆湿透了

再也不能醉酒了
花尽盘缠的旅人　的确不会游泳

2022 年 4 月 2 日

四月的江边

微风带着咸腥的味道
从上游来
翻山越岭的江水到了这里
放下不肯回头的执念
轻轻爬上沙滩

黑色的轮船
吃力地逆流而上
不停拉响汽笛
像一位不能按时退休的老水手
大声跟自己交谈

只有垂钓的人
很长时间一动不动
默默站在浅水里
盯着眼前的波浪

2022 年 4 月 5 日

清　明

把日渐衰老的身体深深埋入往事
如同把一粒种子放回泥土之中
外面阳光很好
梨花正在盛开

在清明这天
死去很久的人　名字被唤起
也有人正在死去
更多的人从餐桌旁起身　准备出门

这一天适合敞开心扉
山林间有人哭泣　嬉笑　诵经　唱戏
倾听的　屏住呼吸
坟茔旁的蒲公英儿孙满堂

草丛间黄表纸燃烧的火焰温暖
很快化为灰烬飘落风中
墓碑比任何时候都站得笔直
石头上　文字笔画斑驳

这才是故事开始的一天
从此人世间　向死而生
从此　春天和流水

经得住质疑

2022 年 4 月 5 日

在春天

在春天

爱一株樱树

转眼间繁花落尽　红色的果子挂满枝头

爱一片竹丛

阴天时细小的笋子钻出地面

雨停时竹子已经高过房檐

爱一角屋檐　使劲抖落雨水

檐下燕子的空巢干燥清爽

等待远行的主人归来

爱一列疾驰的火车从桥上过

带着风和自由

爱桥下开始涨水的河流

带给鱼群新鲜的早餐

爱车窗外无边的青山

云雾从山谷里缓缓升起

依偎在悬崖身边

在春天的旅途中

忘记不好的事情

爱自己

爱心中的世外桃源

2022 年 4 月 13 日

端午之前

一切都会很美好
天气开始热了起来
但是树木茂盛
绿色从大地上喷涌而起
油菜已经结荚
无数圆润的小珍珠秘密聚集在原野上
房前的竹笋长成了竹竿
太阳从清早起就挂在上面
花店的小女孩
甚至能认出经常来买花的中年人
对他的旅途疲惫报以灿烂微笑

一切都会很美好
病人虽然还是很多
没有大碍
他们会在端午之前痊愈

2022 年 4 月 21 日

五月已经到来

当月亮高高挂在湖面之上时
光芒落在清脆的波浪声里
岸边野生的鸢尾开出单薄的花朵
原来有些事物是紫色的
在深夜里模糊　又格外分明

五月已经到来
天气很快会反复无常
甚至有风暴　大雨
冰雹是乌云结下的种子
源于一场电闪雷鸣的爱情

孤独在季节交替时比平日更重
又不堪一击
像是沉默已久的瓷器
隐含着曾经的流水和烈焰
隐含着清醒　坚定　以及刀锋

2022 年 5 月 5 日

柑橘树

栀子花的香味
升起在初夏潮湿的雾气里

刚刚挂果的柑橘树在微雨中呼喊
除了水滴从叶尖上坠落　没有别的声音

刚刚挂果的树木忐忑不安
都像第一次怀孕的女子在深夜无法入睡

这才是序幕
所有事物会被一场夜雨推上舞台

那些破土而出的新鲜细嫩
那些害虫也在此时破茧成蝶

因为下雨　世界安静下来
明天早晨　所有生命会焕然一新

2022 年 5 月 8 日

向黑暗中走去

向黑暗中走去
在深夜里微微下雨的时候
潮湿的深渊
看不见的波涛吞没一切
没有石头落入水面的声音
没有风划过岸边菁草的摇曳
竹林里细长的竹叶绷紧身体
山丘静默　土壤黝黑又燃烧

这些　让赶夜路的瞎子
不知道应该在何时勒住缰绳

2022 年 5 月 11 日

动荡的人世

这动荡的人世啊
秋千上栖息的蝴蝶
面对即将到来的风雨
抖动着单薄的翅翼

螳螂挥舞双刀
和一片落叶拼命搏斗
陷阱　伪装成家园
散发着野蜂蜜甜美的香味

在一棵挂果的杨梅树下避雨
这是南方给悲观厌世者的恩赐
毕竟期待熟稔
可以缓解心中饥荒

乞讨的人双手举过头顶
也有那些不肯屈服的
一生悲愤
一生蝇营狗苟

关于失望没有必要过多纠缠
毕竟死去的人很多
坚持活下去　坚持虔诚

在此时在下雨的夜里　无比珍贵

2022 年 5 月 14 日

读　经

读经　轻声读
和书里打坐着的僧人交谈
问一些不关痛痒的事情
他连这些也不愿回答
敲敲木鱼　顾左右言他

佛像前的水池
晨光可以透过树叶直射清澈的水底
硬币反射着银色光芒
鱼和乌龟各自游弋
对金钱视而不见

一次祈求对应着一次开悟
放下手上的东西和心头所念
就有真正的轻松
可以坐着　可以站着
可以出门远行

出门下山　乘船过河
对岸有更远的路
不必携带包裹也不用乞讨
经里讲的都不是秘密

告诉你如何在路上做一个幸福的行人

2022 年 5 月 20 日

写给律德

琴弦开始震颤的瞬间
神在一块杉木上睁开眼睛

幽暗无边的森林中
小鹿来到空地上
阳光洒落下来　星光也洒落下来
鸟群栖息在松树高处
听不懂彼此的方言
但能领会每根羽毛上的风声
响尾蛇的哨音掠过白茅的花穗
消失在平静的水面上
溪流揪住岸边的苔藓
波浪跳上石头又跌落
小提琴手站起身
夜色带着雾气蔓延开来

有一种宗教在此时诞生
就是为了治愈讳疾忌医的病人

2022 年 5 月 21 日

你 看

你看 露水那么清澈
那么湿润 从晨雾中凝结出来
坚硬的青石
从山上来到林间
想起了一些事情
眼泪流在脸上

你看 夏天正在到来
生命都在努力生长
一些果子虽然青涩
如小小的乳房
但是很快会汁水丰盈
桃子们正把大地的奶水装进自己身体

你看 花朵虽然凋谢了
野蜜蜂仍然辛勤
酝酿了那么久
金黄的蜜糖
从蜂巢里溢出来
整个山崖都被涂上香甜的颜色

你看 爱你的人不远万里
写一首诗或者

自己喝醉　躺在湖边

你看　一切刚刚好

在你孤独的时候

窗外的天空越来越蓝

2022 年 5 月 23 日

五月见龙在田

稻田里水量充盈

微风带着雾气掠过

泥土湿润饱满

在细腻的波纹下轻轻睡去

如同刚刚怀孕的女人

田野背后的山林也敞开胸怀

竹林一大片一大片舒展开

绿色沿着缓坡流动下来直到平原

爬满青草的土堤温顺又坚定

伸出臂膀抱住莽撞的河流

将近端午

被孕育的已经迫不及待要出生

白鹭从田埂上纵身一跃

南方丘陵地带的云结满了雨滴

栖息在村寨红色的屋顶上

经上说

五月　见龙在田

能依稀看到老朽的稻草人倒在渠边

有人牵着水牛从远处走过来

带着新的稻草和蒲扇

2022 年 5 月 30 日

故乡的端午

一

我们一定要在天还没有亮的时候出发
趁着夜晚的潮湿还停留在麦芒上
麦子们已经被施了咒语
密密麻麻站在地里　静静等候

我们要低头　弯下腰收割
把每一棵麦子用手指和掌心抓紧又松开
每次扬起镰刀
能感到麦子的脚踝很疼

我们要在太阳开始暴躁之前
把麦捆装到车上
黄牛喘着粗气
它这辈子认命　命里注定拉车

我们要在最热的时辰
用树枝和竹子做成的麦叉
在场地上把麦子翻来覆去晾晒
离开了土地　只有植物和植物才能交流

我们在等着风来
用木锹把麦粒使劲扬向天空
落下来的时候风带走灰尘和杂质
留下粮食给今年

我们从春天开始就焦躁不安
全家人一直等待
等着端午
等着成熟
从东边的田野开始四处蔓延

二

明天就是端午
今天对我来说尤为重要
因为中午饭时
炎热枯燥的劳作之间
我会额外得到两颗鸡蛋
煮熟了的　椭圆形的
浅黄色的
小小的两颗鸡蛋

很多年都是这样
直到十六岁离开故乡
奶奶去世之后
再没有这个惯例了

三

端午的时候
要在夜里磨镰

星光下
刀刃在细腻的油磨上往复
铁和石头较劲
就像有人和自己的命运较劲
彼此消耗
直到刀的寒光闪现在夜色里
石头累垮了
拇指　才从锋刃上轻轻抚过

父亲叹了口气
拿起另外一把镰刀

四

脱粒以后
碾压过的麦草
就像刚刚生过孩子的女人
舒展又空虚　躺在阳光下

这些干燥的老母亲

要在端午之后
下雨之前
聚集成麦秸垛

麦秸垛在村庄周围
每一个都工整得让人心酸
经历了捶打和轮回
母亲又成了大地的孩子

麦秸垛是牛羊冬天的食物
每家灶膛里的火焰
炕上的温热
让远处的村庄看上去安稳知足

但是不能有火种靠近
麦秸垛一旦点燃会燃烧好几天
没有人能扑灭　甚至不能接近
火光不分昼夜照耀着脚下的土地　果树　家园

2022 年 6 月 6 日

月　晕

月亮有晕的时候
意味着明天有风

也是人间有爱恨情仇
了断的时刻

刀可以杀人也可以杀自己
也会在河流的沉沙里　锈得无能为力

明亮的微黄的月色
看到蚀骨的药水掺进酒杯

醉酒的人啊努力仰起颈项
把月光一饮而尽

这时候空杯的
都是心如死水的强盗

站在路口　丢失了羊群的孩子
使劲把鞭子抽在自己背上

2022 年 6 月 14 日

夏　天

在最热的时候到太阳下
站一会儿
把去年冬天留在身体里的寒气
和那些不堪的往事
摊开来晒一晒
天很高　云几乎一动不动

荷花已经落了
莲蓬怀抱着白色舍利子
在浅水里摇晃
它们也站在阳光下
努力仰起头
天很高　云几乎一动不动

梅雨季节
也可能在下午晚些时候
雷电和大雨忽然到来
把安静的炎热赶走
所以　趁着天气尚好
我们赶快做个干净明亮的人

2022 年 6 月 20 日

七　月

一

七月第一天的夜里

遥远又黑暗的海洋之上

源于鲸鱼的一声叹息

一场台风开始被认真喂养

空虚会成为很硬的沉重的核

加上旋转的流言蜚语　尖利的风声

乌云被卷进来

波涛也被卷进来

闪电和雷声很快会冲破牢笼

裹挟着鱼虾的海水升到天空中

紧接着就会成为

暴动的泥石流

七月第一天　安静的夜晚

湖面波光粼粼

菖蒲和芦苇都陷入沉睡

没有谁会认真关心以后的事情

二

七月的第二天
阳光最强
每个人身后　影子很短
七月不适合心藏秘密
晴朗的天空中雷阵雨的影子若隐若现
所以不适合出门远行

最好是坐在房子里
打开窗户　凝视远处的湖水
或者追踪一只突然冲进光明的鸟
看它跌落进树荫
这一刻
躲在阴凉处的　心里颤了一下

没有风
只有炙热和沉闷
幸福的人和不幸的人一样
今天都将经历意料之中的暴雨
浑身湿透　无处可逃
在七月　命运与天气无关

三

阵雨如预报的那样
在黄昏骤然而至
但是雷声遥远稀疏
并没有炸响在想象中黑暗的天空
闪电　甚至没有来得及出场
很快街上的积水奔赴河流而去
夕阳　勤勉地回光返照了

多么像一场突如其来的爱情啊
依恋　哭泣　咆哮
深情很快归于生活
七月的第四天　既是开始也是结束

四

暴雨之后湿漉漉的傍晚依然闷热
如同一场没有成功的革命
残存的反叛者埋伏在四处
安静背后　暗藏凶机

世界另一边还有战争在继续
炮弹闪亮的火线划过晚霞
甚至有青年对着乐队扣动机枪的扳机

路灯下　我看见一只野猫跳上垃圾桶

有些地方还有积水
折断的树枝仍躺在路上
因为是七月　夜空晴朗
仿佛一场阵雨　已经把黑暗洗刷干净

五

略显臃肿的月亮
挂在高大结实的桥墩上

亮着灯的列车行驶在高架桥上
沿着弯道　像是要开向低垂的天空

午夜搭乘地铁的人心怀安宁
坐在光明之中　穿过隧道和黑暗

最后一班车会按时抵达终点
这是七月六日　最美好的结局

六

沿着笔直的高速公路
穿过一场暴雨

过了这么多年被雷电追逐的生活
很想停下来看看乌云背后还有什么

在干爽的路边烧烤摊坐下的时候
恰好一滴油脂落入炙热的炭火

七月七日　发生过那么多事情
抬起头看看天空　虽然灰暗　仍然辽阔

七

上次在水边听到夏蝉拼命嘶叫
还是去年秋天
上次看到湖面宽阔　星光寂寥
也是很久以前了

远处京广铁路的灯火
从清末一直亮到今天
月光亮了不知道多少世纪
岸边丛生的桑树还是长不大的少年

时不时有鱼跃出水面
又跌落水底
今天夜空格外晴朗
看得清楚云的变幻

水边的枫杨树

是相识很久的朋友了

依然沉默寡言

旁边的榆树更木讷　无声陪伴

今天是七月八日

暑气最盛　万物正值壮年

湖边走路的人无由悲伤　长吁了一口气

加快脚步　走向灯火明亮的终点

八

汉口

要从南岸越过长江才能抵达

经过桥上　或者江底隧道

现在已经不需要搭乘鸣笛的轮渡

在清末的花旗银行的楼顶俯视

一下子分不清穿旗袍的女子

是刚刚来到街边

还是一直站在那里

想必是灯火通明了一百多年

夜色里

我们都是码头上行路的人

没有早一天　也没有晚一天

恰巧在七月九日

渡江而来饮酒
微醺时又跨江回到武昌
曾不吝情去留

九

月亮　是今晚主要的意识形态
温和甚至羞涩
略显虚弱
高高挂在夏夜之上

除了它身边一两颗虔诚的追随者
再没有闪烁的星辰
整个天空辽阔深远　安静得可怕
如果没有树丛里的虫鸣

是啊　夏虫和青蛙
都是不遗余力的鼓吹者
让月光更明亮
连阴影下的暗处　都热潮涌动

十

今晚的月亮太大　亮得耀眼
下了夜班在路边独自喝啤酒的人
自惭形秽

喝到微醺的时候
又把凳子挪了挪
完全隐藏进樟树巨大的阴影里去了

十一

陈年的月亮在新鲜炙热的夏天
光芒被轻薄的云拦截一大半
巨大的能量和温柔
仍然能让湖水宁静
万物笼罩在微光之下
树影里知了安心合唱

望向远处
看到世界改变了
抬起头看看天空　听听蝉鸣
仔细想想
月光和第一次看到时
没有太多改变

十二

天上的雷电穿透云层
会比失意更早到达

还有多少希望可以失去
站在河边的人　脸上没有表情

站在河边的人陷进淤泥
努力仰起头　朝向天空闪亮之处

做个无辜的人多么不易
没有谁愿意把罪过写在脸上

流水清洁
河里随波逐流的一切都清洁

决意远行的人是泥菩萨
会把自己交给流水　直到空空如也

十三

七月即将和天边的晚霞
一起消失
就像前年消失于去年
这时湖水丰盈　水波闪烁
荷花没有开始凋落

雷声还会追逐闪电
对着它逝去的背影愤怒咆哮
彼此离不开的对手总是争吵

有时带来山洪

有时带来闷热　　一滴雨都不下

剩下的这几天值得珍惜

虽然酷热难耐

几乎没有行人

道路都要融化了

七月一旦离去　　就不能原路返回

十四

今年七月

燠热有别于任何往年

蚂蚁都不愿到烈日下搬运

命运苍白喘息

栖息在一棵乌桕树的阴影下

忘记了既定行程

没有办法谈及未来

融化和蒸发来得如此迅疾

侮辱

完全不能还手

还是 2019 年夏天

溯江而上的邮轮尚能停泊在江汉关码头

马尔克斯的情人

不可能　手持利斧

从精神病院逃出来

消失在江边舞蹈的人群里

人群消失在长期的夏天

和突然的台风

坚持住

我们

会恢复爱和拥抱的能力

2022 年 7 月

苦楝子

一阵风忽然刮过来
干渴的树木摇晃着
苦楝子看上去快要成熟了
跟着泛黄的树叶
一起跳动

远处的火灾仍在继续
石头爆裂的声音噼啪作响
河流的上游干涸
一直隐藏在水底的亡灵
不得不赤裸到太阳下

烈日灼心
到处是烫伤的人
树下的阴凉
给今年夏天片刻喘息之机
赶路的人汗流浃背　快步走过

坏天气才刚刚开始
未来会更热
来不及成熟的粮食在土地上死去
孩子们纷纷长大的速度
远远超乎我们的想象

尽量安静下来

经过曝晒　心里的黑暗会少很多

值得期待的是

这世道

会越来越干燥

2022 年 8 月 21 日

松　茸

作为一种存在主义的形式
想象中的山野生活
蘑菇在蓬松的松针下
享受着清风和凉爽

松树尖锐的样子
不符合城市的审美
现实是
新鲜食材必须按时抵达
送外卖的小哥在毒太阳下奔走
像是热锅上的蚂蚁

这个最热的夏天
我们都不如
清晨出门上山拾菌子的农民
和他的黄狗
那么从容　那么幸福

2022 年 8 月 23 日

在火车上

在飞驰的火车上吃泡面
是一种很有仪式感的怀旧方式
高铁的速度快了很多
窗外的绿树　田野　山丘　村落
更快地背道而驰
但是气氛没有变化
锅炉的水温没有变化
连方便面的牌子
几十年都没有什么改变

很多事情都变得方便了
回忆变得困难
往前的速度越快
经历的就会越多
就有更多的石头沉入河底
无法打捞
再也不会见到

火车沿着两条铁轨
来来回回这些年
车厢里灯火通明
钢铁的发动机没有记忆
每天清晨

都满怀热情开始奔跑
从来没有感到疲惫

2022 年 8 月 29 日

天气凉快下来了

一草一木从干旱焦灼里逃生出来
在肃杀的寒冷席卷而来之前
大家都会获得片刻的喘息
鱼　可以缓缓沉向湖底
暂时不用为了一点氧气浮于水面
喜鹊们也欢快起来
向着天空的高处努力鸣叫

快要成熟的果实和我们
应该珍惜此时的安静
阳光不冷不热
仿佛世间始终如此

微风吹到脸上
带来田野上收割的味道
何尝不是一种告诫
秋天是劫后余生
也会是另一场战争进攻的号角

2022 年 9 月 2 日

落 叶

一枚树叶穿过秋天落向湖面
能听到它的疼痛
忍耐着　不哭出来
一旦离开了栖身的枝头
只能祈祷
不跌落在尘烟里
不埋葬在马蹄和车轮之下

西风也只能依靠命运
带着落叶一起寻找重生

寒冷要来的时候
有人路过林间　默默站了一会儿

2022 年 9 月 4 日

出潼关

火车沿着已经湮没的秦直道的走向
朝着东方疾驶
太阳没有出来
天还没有亮
好像永远也不会亮的样子

铁路两旁的田野笼罩在秋天的薄雾里
秋庄稼尚未成熟
远近的村庄睡意蒙眬
还没有醒来
好像永远也不会醒来的样子

这块土地
经历过无数次杀伐决战
这里的人曾出关冲向四面八方
也曾被天下人破关而入
千里沃野变成焦土

每棵麦子
每株玉米
都有尸骨和奇幻的悲欢作为肥料
所以关中平原盛产粮食
面条劲道　苞谷糁子细腻甜美

眼前的风景
也在历史中重复闪现
速度极快　离合来不及品味
火车过了黄河一瞬间
背井离乡的人　胸口冷汗涔涔

2022 年 9 月 9 日

梦见一位朋友

死去是一件多么简单容易的事情

只要伸手推开窗户

而深深呼吸一口窗外高空中

凛冽的新鲜空气

需要巨大的勇气

甚至比掏出手机打开支付宝

付出一笔钱

买下高速公路的通行费

困难得多

肉体和货物有多大区别

千万人每天奔波劳碌

把某件快递送到某个地方

把沉重的自己送进一个一个黑夜

飞向空中的人

保持住了轻盈的姿态

我梦到了曾经的快乐时光

在葬礼之后　也没有人伤心过度

再次证明

死去　没有想象中那么艰难

活着　一言难尽

2022 年 9 月 15 日

途中所见

山河与平原上

酷暑之后

干旱继续肆虐

没来得及收割的稻谷们苟延残喘

倒伏在干涸的土地上

河水断流　原本腐烂在水底的朽木

被放在阳光下暴晒

河床上裸露出来的卵石闪闪发光

不改内心阴暗坚硬

岸边的林间

松树的针叶仍然尖锐

执拗地刺向虚无

杨树呆滞而立　顶着一头枯黄的乱发

可以看到村子中心的戏台闲置了很久

地面上落着一层灰尘　没有足迹

神祇很久不曾降临

唱戏的远走他乡

一个留守老人　佝偻着

在干燥的风中缓缓走向田野

2022 年 9 月 20 日

山中的皇帝

山中的皇帝庞大　不朽
她有着蛇的生命
经历一次一次的蜕皮之后
留下残破的历史和
匪夷所思的神秘成长
在浩瀚的林海与草原上游荡

每个角落都能感受到她的气息
无论是茅草细微雪白的花穗上
还是落叶松枯黄但是尖锐的松针
震颤于林间的微风中
整个夏天　青蛙没有放声歌唱
清晨时隐入溪流边冰冷的青苔

安静　是大地最好的抚慰和奶水
除了黑暗
母亲没有别的子宫
这些多么容易腐坏啊
满眼望去　只剩下秋天的果子
挂在枝头等待坠落

悲观厌世者不能继续隐居
带着受难者隐隐的光辉

站在山边的石头上
他看到
庄稼刚刚成熟　田野上丰收在望
温暖和光明遍布人世间

2022 年 9 月 29 日

多么热爱这块土地

多么热爱这隐忍又博大的土地

江湖和山林都寂静无声

作为孩子

作为广阔无边田野里的一株青草

一棵麦子

一棵油菜

一棵玉米

一棵向日葵

匍匐无边的苜蓿田里

我们开着卑微的紫色小花

只是牧草　和牛羊相安无事

劫后余生的人

仍然爱着田野　乡土　祖国

世间万物一定归于灰烬

归于红色　绿色　灰色

迁徙的鸟群不远万里

来死在一棵落叶松下

月亮清高

几千年冷酷无情的旁观者和

不曾缺席的内政大臣

秋风袭来

湖边
桂花的香味深深刺痛路人的心脏

多么热爱这块土地
死后一定要埋葬在这里
陪伴着湖边的桑树　榆树　乌桕
枫杨树枝叶茂盛
月光亲吻着树梢

2022 年 10 月 15 日

银杏树

趁着中午下楼拿外卖的时间
我走到软件园湖边
去看望那棵往年总是结满白果的银杏树

天气并不冷
风中还有丝丝燥热的气息
完全不像是深秋应该有的感觉

桂花的花期显然晚于往常
这时候味道热烈又沉郁
像是一个恨嫁的女人收到了迟来的聘礼

那棵银杏树的状态不好
叶子已经开始枯黄　果实稀疏
挂在枝头的白果变成了暗淡的深褐色

毕竟是酷暑连着秋旱之年
旁边的软件园湖满脸浑浊的皱纹
水面比往年低了很多　裸露出岸边的石头

银杏树在这世道里坚韧地活着
还有林中的枸骨　栾树　樟树

大家都会耐心地活下去

2022 年 10 月 21 日

软件园湖

困于枯黄的柳条包围之中
软件园湖
满载湖水的重负
和深秋的悲悯

不远处的关山大道
仍然车水马龙　人声鼎沸
完全不像身处在
大规模的流行病反复肆虐的时代

这一片安静的人工湖
无声倒映着高楼上的灯火
"她身处这个世界
却一直涉世不深"

2022 年 10 月 31 日

博尔赫斯坐在图书馆里

博尔赫斯坐在荒诞的图书馆里
这个盲人
再也不能阅读
无论是他自己写下的文字
还是别人写下的
其实都一样
故事没有新鲜的情节
弑父的利刃和毒死敌人的鸩酒
年代久远的纸张像窗外的玫瑰花瓣
单薄到面无血色
每当一本书跌落书架
书中的人物摔伤脊背　　花瓶打碎
老人露出会心微笑
夕阳落在他的头发和胡子上
银子闪闪发光　　以前总在他脸上
以后永远也不会离开

2022 年 11 月 13 日

降　温

突然的降温

已经被盼望了很久

甚至之前被多次预报

但是湖边的柳树　榆树　枫杨树

这些自以为是的落叶乔木

好像没有做好准备

一身翠绿色的叶子

今晚在寒风中哗哗作响

水边钓鱼的人似乎有所预料

穿上了厚厚的棉衣

抛下鱼钩

面对着寒雾笼罩的湖水

默不作声

岸上的道路在月光下格外冷清

在桥边的岔路口

夜行的人

不敢停留又不能回头

向左　是冬天

向右　也是冬天

一只歇脚的白鹭忽然蹿出浅草

嗖的一声
冲向灰蒙蒙的夜空

2022 年 11 月 13 日

寒 潮

寒潮突袭南方
这片办公区也不能幸免
软件园湖显得有些呆滞
一只野鸭子像锋利的刀尖
划开水面
想要撕下湖水伪装的平静

一群瘦小黝黑的麻雀
从飞雪中倏忽掠过
消失在视野里
就像落在地上的雪花
马上不见了

植物和动物
远道而来的候鸟
和本地水边土生土长的芦苇
都是时间的孩子
倔强或者羸弱
有的死于突然降临的寒潮
有的死于之后的暖冬
有的会坚持活下去　不肯就范

2022 年 11 月 30 日

北方的寒冷

十二月
寒冷在北方是有形状的
硬邦邦的　真实透明
出门的时候
有人的脸撞在玻璃上

风中时不时飘落零星的雪花
感觉得到
天空也很茫然

大地多么需要一场降雪啊
在亲人不能团聚的时候
她需要白茫茫的雪掩盖辛酸
年底了
作为母亲
也需要一场雪掩盖生活的窘迫

黎明前的黑暗里
麦苗匍匐在大地上
这些善良　卑微　坚韧的孩子
更需要一场降雪
帮助他们渡过最后的寒冷

2022 年 12 月 12 日

西行高铁

夕阳完全隐入烟尘之后

潮湿浑浊的雾气

从铁路两边的村庄和田野上

慢慢升腾起来

飞驰的火车内部灯火明亮

整个江汉平原昏暗　水塘散布在各处

像一面一面老去的空镜子

再找不到生动年轻的美丽容颜

分不清楚远山或者树林的侧影

很多事物都一闪而过

包括我们刚刚一起经历过的玄幻故事

谣言带着濒死的恐惧呼啸而过

感染了流行病的女人目若流波面若桃花

医院里人们或坐或卧

讨论着寒带落叶松林里的战争和

阿拉伯沙漠上的长跑比赛

除了面目不清的医生　方剂　死亡通知

大家无话不谈

观众和演员彼此配合

默契给戏剧弓弦一样的张力

马格达莱纳河上

那艘叫作"新忠诚号"的邮轮
曾往返穿梭在加勒比海地区漫长的
霍乱时期
此刻　白色的高铁列车
轰鸣着向西
随着窗外完全进入黑夜
旅客们渐渐疲惫　安静了下来

2022 年 12 月 12 日

小野花店（一）

小野花店生意不错
地上落满了剪下来的玫瑰叶子
来不及清扫
前天的平安夜和昨天的圣诞节
仍然有很多求爱的人
用鲜花装点这个萧瑟的冬天

今天早上在三环线
遇到一列送葬的车队
只有最前面的车子上装饰了白色菊花
其他车子仓促地跟在后面
不断闪烁的黄色尾灯显得忧心忡忡
毕竟有太多人熬不过这个冬天

有人死于呼啸而来的疾病
有人在节日里抱着大束的玫瑰
有孩子在寒冷的清晨降生
在同一个时间生命绽放不同的色彩
小野花店里摆满了一年四季的花
都来自温暖的地方　都在盛开

2022 年 12 月 26 日

活着是幸运的事情

每一首动人的诗歌里
必然有分离和死亡
这个冬天的每一个黄昏
必然有人彻底放下了爱恨

温暖的阳光驱赶走一部分雾霾
笼罩着远处的楼房
笼罩着那些躺在床上　劳累了一生的人
夕阳给他们披上一件薄薄的大衣

在这一年最后的日子里
晴朗是幸运的事情
那么多人等不到不远处的春天
希望他们此时鼓起勇气　面带笑容

2022 年 12 月 30 日

元月六日

今晚的月亮
是这个冬天看到过的
最善良悲悯的月亮
透过清冷的天空
笼罩着朦胧的山川

一生辛勤劳苦的人只有在此时
才能死而瞑目
或者归入尘土
或者焚烧成灰
被子孙乘船撒入江河

水边的乔木树叶已经落尽
成排的水杉高耸　始终笔直挺立
全身的针叶虽然枯黄依旧尖锐
像是桀骜的男人远游归来
守着血亲的灵堂

最冷的时候已经过去了
天气开始转暖
生命正在酝酿的气味从大地深处缓缓升起
因为悲伤伏地而哭的荒草起身

准备迎接一场野火和一个春天

2023 年 1 月 6 日

下 雪

这个城市突降大雪
和预报中的潮湿全然不同

我们就突然想起了过去的岁月
在东北的冬天　下雪的时候并不起风
硕大的雪片从天而降
每一片雪花都是回来探亲的女儿
落在地上
也是为了给荒草盖上厚厚的被子
就像抚慰自己的舅舅
寒冷的时候　亲戚就是炉火
母亲拥抱一万里归来的孩子
尽管她的怀抱枯瘦如柴

多么幸运啊
我们从高处跌落
还有大地敞开胸怀迎接
不在意　她的孩子们经历过什么

2023 年 1 月 10 日

在大地上劳有所获

春天看似不远
又一场降温突然来临
落叶乔木已经赤裸着在风中
顾不得羞愧
尽量控制自己不要颤抖
大地之上空荡荡
流浪的猫狗躲入暗处

唯有月亮挂在半空
既孤独
对着无家可归的人幸灾乐祸
都挺可怜的
却彼此冷漠

祭祀者说出的话犹如射出的箭
钟声落入水中
孤独的人最终变得悲悯
被波纹包围在核心
前来收获的
未必善于耕种

前来收获的
会怀着虔诚之心

独自或者结队穿过最冷的时刻

赤脚踩在霜上

为了赎罪

更是为了献祭

2023 年 2 月 1 日

鸟　群

孱弱的阳光
努力从云层边缘渗透出来
很快又被掩过来的灰色给遮住了
天空归于阴暗

城市一旦醒来
道路便陷于拥堵
路边杨树顶上的鸟巢一动不动
对着上苍　张开嘴巴

"我们既是施舍者
也是乞讨者"
群鸟掠过车流之上
它们　也奔忙于今天的早餐

2023 年 2 月 3 日

赶紧　赶紧

赶紧，赶紧
把入场券退还给造物主
——玛丽亚·茨维塔耶娃

战争在远处吼叫
不断有孩子成为尸体
在溪流边　在战壕里　在雪松树下
月亮悬在头顶
沉默着置身事外

炮弹是从天而降的老虎
长着火焰的牙齿
光芒只有红色　红色
要多少生命同时腰斩
才能重现血流成河

我们也听得到呼啸的声音
子弹就从耳边擦过
被击中的人伤到要害
最坚硬的部分被打碎了
跪在地上的可能是俘虏也可能是上帝

冷酷无情的冬季

最适合发动最后攻击

春天　小草萌芽之后再也不能有厮杀了

那时候我们都要闭上眼睛

装作忏悔　装作无辜的人

2023 年 2 月 4 日

这时应该到原野上去

高速公路的外面烟雨蒙蒙

梅花嫣红　开在二月三月之间

旁边的乌桕树还没有发芽

喜鹊落在枝头

置身江南早春不愿回家

巢窠虚设

空荡荡的房间罗列在高处

这时

应该到原野上去

到山间去

用冰冷的溪水洗脸　把手指冻红

到竹林里去

看竹笋尖利的牙齿咬住石头

山谷里的野樱花要开放了

卑微的不知名的小花也要开放了

这时

林中潮湿的空气会濡湿衣服

青草染绿鞋子

红色的黏土会困住脚步

这时　需要有勇气俯身匍匐到大地上

做个束手就擒的俘虏

2023 年 2 月 11 日

写给路遥

在月光下疾行

赤脚踩在黄土上

这时　大地是他的爱人

也是他的母亲

这一行路途遥远啊

要走到天地的尽头　命的尽头

沟壑旁的荆棘用尖锐抚慰他

划破肌肤　让他流血

滚烫的液体滴在烟尘里

把木本的刺扎在脚踝上　刺痛他的一生

那种小小的早熟的野果犒赏他

染黑饥饿的手指和嘴唇

干涸的土坡边

蝎子在最黑暗的时候出来散步

毒箭指向星辰

萤火虫自焚　为夜不能寐的亡人点亮灯笼

路过的所有的村庄

绵羊在圈里彼此拥抱着取暖

新婚的夫妻　听到脚步声吹灭蜡烛

只有犬吠　来自黄狗

向孤身穿过夜晚的男人致以敬意

而苦难　牢牢跟在他的身后

寸步不离

最冷的时候在黎明之前

这个人　背负着煤炭和种子

彻夜奔走

追寻看不见的烈火和一块可以播种的麦田

2023 年 2 月 19 日

喜鹊的幸福

河道中有一小块陆地
几棵高耸的杉树扎根在那里

喜鹊一生不曾出远门
它的别墅就在中间那棵杉树上

多么幸福的人啊
终生只穿白色毛衣黑色外套

在自己的屋檐下可以对着流水发呆
看那些钓鱼的人整日一无所获

巡司河旁边就是繁忙的三环线
两条河流已经相伴了很多年

河水会汇入大江　最终不知去向
喜鹊和杉树留在原地　迎接下一个春天

2023 年 2 月 25 日

野苜蓿

夜色里　微微有些下雨
这符合初春的氛围
趁着乌桕树还没有苏醒
枝丫光秃秃的　自惭形秽
我们到湖边去
看看树下的野苜蓿是否发芽

湖对岸
灯火稀疏遥远
隔着黑沉沉的水面
那里似乎很热闹
仿佛回不去的故乡
和那些年经历的人和事情

终于　雨滴繁忙起来
淅淅沥沥的声音响起来
此时黑暗中转身离开的人
能感受到　荒芜的草坪上
无数的绿叶钻出地面
春天的占领无法遏制

2023 年 2 月 28 日

中午的玉兰

经历过了那么多的事情
路边的紫玉兰仍然自顾自地开花了
街上的行人
有的急匆匆走过
有的不紧不慢
没有谁面色凝重
都忘记了去年的冬天

这是春季该有的景象
人们脱下起毛的外衣
丢掉多余的负担和瓜葛
沿着草木标识的方向
向前走去

这是世间该有的样子

2023 年 3 月 3 日

三月五日饮酒

一

站在一旁的人忽然流泪
醉酒的人讲出来那么多的往事
愿意倾听的　都是些做过亏心事的人
胡子和头发都花白的中年男子
颤抖着　讲起曾经辜负的马夫
在凌晨　天上的星星还没有落下
唤他起来驾车　沿着没有路灯的泥途
鞭子抽在红马身上
那时候年轻　那时候自私
不知道一句话可以毁灭别人的一生
砰的一声　灯笼落在地上碎了
你我都指望月亮来收拾残局

我们始终没有长大
甚至有的兄弟再也没有机会成熟
命运的尽头　樱花开了
梅花也开了
春天　对于花瓣上的蜜蜂来说
一点点甜蜜
足够标榜生命的意义

二

玉兰花是突然开放的
旁边还在发愣的银杏树可以作证
我们都可以作证
沉默的落叶乔木　宿醉仍在
来不及清醒就被春天捅了一刀
这锋利的白刃
花香扎进了肺部和心脏

围墙关不住水声
湖泊很快开始泛滥
我们会淹没在不久的将来
淹没在自己的懊悔和希冀之中
今天绽放的满树繁花
和风中微微的清甜
就是使者
就是为了唤醒和拯救我们而来

2023 年 3 月 5 日

早　春

春寒料峭的夜里

星辰寂寥

找不到以前的银河

骨肉血亲失散了

很多年少时的兄弟不知所终　没有了音讯

消失在无边又低沉的天空中

楠竹高耸

细长的叶子在风中哗哗作响

樱花隐忍着

梅花花期将尽

花瓣纷纷落在跳跃的水波上

木讷的樟树没有表情　一直保持碧绿

这时有人来到湖边

迎风站着

身旁的银杏伸出瘦骨嶙峋的手臂

沉思的人抬起头　远处灯火闪烁

仅存的寒星

落在湖里　再也看不见了

2023 年 3 月 15 日

梅花燃起烈焰

风中带着一些雨意
亮闪闪的波纹铺在水面上
换了单薄衣服的行人
能感觉到有些寒冷
在湖堤上加快了脚步
一会儿身上就热起来
心里也热起来

盛开的梅花燃起烈焰
火棘　紫薇
此时开花的
都像是一团一团的火苗
在刚刚发出新芽的桂树边跳跃

湖对面成排的水杉树很高
高过远处的山峦
布谷鸟在枝头
大声呼喊起来

2023 年 3 月 16 日

江　南

近处的桃花开得繁盛热烈
旁边的老榆树是个守财奴
把金钱藏在怀里　迟迟不肯发芽

水面上雨滴落下时
涟漪颤抖起来
瞬间又消失不见了

浅水里的芦苇长出淡红色的牙齿
一群参子鱼
游进鸢尾和菖蒲丛中

路边茶园里低矮的茶树
努力绽出新叶
想把一生的爱情都奉献出来

远方的树木绿色或浓或淡
一直蔓延到水天尽头
山湖深处　烟雨江南

2023 年 3 月 21 日

春天的矿工

天已经黑了很久
夜晚是一座深沉的煤矿
有人太劳累　睡梦中打响呼噜
有人仍在低头掘进
惦念着金子和火焰

怀揣希望的矿工把头埋进大地深处
看不到春色浓烈
樱花落满草坪
有雷声在云层之上滚动
虽然遥远　但是坚定

已经下过几场小雨
汛期将近
山洪会在桃树挂果之时滚滚而下
河里的石头将再次身陷囹圄
此刻　它们还睡在温暖的沙子里

洪水会淹没浅滩　淹没矿山的巷道
把黑夜冲毁　把石头赶往下游
但是没有谁能杀死遍布河堤的芦苇
那些泥土里卑微的新生儿

会倔强地　尖锐地　等待晴朗的黎明

2023 年 3 月 22 日

从桥上过江

从汉江桥上过汉江
又从白沙洲桥上过长江
一场雨
从江北下到江南
紧紧跟着赶夜路的人

鞋子湿了
头发上沾满细密的水滴
窗户玻璃上泪迹斑斑
午夜不能在紧闭的大门前驻足太久
心里的温暖会冷下去

鸟雀早回到干燥安静的屋檐下熟睡
墙边的红叶李开出细密的小花
江河两岸的灯火被甩在身后了
终于先于春天抵达
夜行的人抖一抖雨伞　轻轻舒了一口气

2023 年 3 月 23 日

月亮在天上

月亮在天上
没有星辰伴随
很少有孤独的脸庞能如此明亮
虽然不圆满
仍然为尘世中夜行的人照亮道路

有胆量走夜路的人心里是干净的
不怕路旁空心的老樟树
多年前可怜的乔木被一簇闪电击中
至今怀抱着黑色木炭
绿色树冠里住满了本地善良的精灵

月亮的温柔所到之处
迎春花开在昏暗的山坡上
黄色的小花没有味道　没有光芒
这是春天给了勇敢的夜行人
一点点奖赏

2023 年 3 月 27 日

听

找一个安静的角落
认真倾听自己
耳朵里真的住满了金属
由远而近的电波
啸叫着
带来无法破译的神秘消息

到湖边听听春天吧
刚刚闭上眼睛
就被花瓣坠落的风声淹没
远处山峦的尽头
树林深处
刚刚结胎的浆果"嘭"的一声来到人间

趁着黄昏躺到草坪上
听一听久违的土壤的脉搏
天上没有云
没有任何关于未来的启示和预兆
此时大地悄无声息
轻轻托住我的后背

2023 年 3 月 30 日

最后的机会

春天又突然降温
年老的村庄
安安静静趴在无边的平原上
房前屋后
矮化的杏树和高高的梧桐
开满繁花
远远望去　这种安静
带着一些芬芳和落寞

作物努力生长
田野绿得让人心碎
就像离开土地的农民在城里
满脸通红　使出吃奶的劲儿
天黑之前
要把一堆石头搬到高处

这是春天
是我们
和刚刚栽到路边的杨树
最后的机会

2023 年 4 月 5 日

把手伸向春天

掌纹毕现

我的右手是握刀纹路

命里注定　要么做屠夫

要么会成为绝情的人

不像是现在

一个伤春悲秋

自以为是的夜行者

圆肩驼背　没办法挺直腰杆

风从指缝里划过

细腻又温柔

吹面不寒　杨柳刚刚发芽

这时候沉沦于微醺的中年人

仰慕那些驱车直行的古人

又是唱歌又是呼喊

马车刹住在湖边

诗人扑倒于刚刚长起的苜蓿丛中

豆科植物细碎的黄花遍地绽放

月色心存善念

抚慰无家可归的落魄者

还有　花瓣如雨飘落

没有结果的爱情

空气中花粉飞扬
找不到今晚合适的子宫
终于　落入尘埃

这是一个万物萌发的夜晚
我真心　把手伸向春天

2023 年 4 月 7 日

月 色

月亮盛开在榆树上

榆钱落尽
挥霍之后
生活才刚刚开始
未来　是多么漫长又贫穷的一生啊

旁边的石楠一树繁花
这是生命的绽放
生命的味道
给春天一剂强心针

雷声已经在远处酝酿
春水将生
浩大的生死之战无法避免
不愿逃离的人　将处于风暴之眼

夏天盛大威严
正在到来途中
此时片刻的宁静
是造物者的恩赐

月色照耀在大地上

带来最后的慈悲

2023 年 4 月 8 日

樟树也是开花的

南方随处可见的乔木
像个涉世不深　勤劳的女人
一年到头高举绿色
在路旁
在山岭的背阴处
在无边的平原上站在田野中间

内心平凡又脆弱
二〇〇八年大雪那一年
我住在喻家山下
整个夜里不断听到樟树折断的声音
不堪重负
清脆的悲伤

樟树也是开花的
春末夏初
鲜艳的花卉凋落
赏樱的游人散去
生活归于平淡
那些挂果的果树成了怀孕的母亲

樟树　此时开花
按捺着多年的苦楚

不为有结果

只是善良的性格使然

夏季将至

生命将翻开新的页码

栖居于樟树浓密怀抱中的鸟雀

安睡在它们母亲身体的芬芳之中

2023 年 4 月 15 日

洗衣店

像木匠爱着山林
洗衣店的老板娘对这个城市
阴晴不定的春天情感复杂
她门前的樱花刚刚落尽
杨絮就开始漫天飞舞
不断有人把刚刚脱下的冬衣送来
隐约的雷声又传递着降温的消息

"北方来的寒流跟着沙尘暴
会在今晚渡过长江"
念叨这句话的时候她并没有看我
午后耀眼的阳光
不知道从哪里反射进来
在玻璃柜台上跳跃了一下

2023 年 4 月 17 日

劳动节

五月的第一天

阳光如此干净透彻　没有杂质

空气中也没有风

只有鸟鸣声短促清亮

把钉子扎在正午洁白的墙壁上

水泥地上的影子浓厚

近乎陌生人

由此可以揣测灵魂的密度

如果在此时停住脚步

能够看到自己略显臃肿的背影

路上没有别人

不知道那些忙碌的劳动者去了哪里

黑色蚂蚁空着手

快速翻过路沿石

钻进香樟树下的草丛里

这个夏天

必将不同于以往

脚下的道路带着温热和幻想

五月　通往幸福的城门洞开

我和一株紫薇紧挨着站在一起

2023 年 5 月 1 日

游　泳

游泳的时候

我总是想起几个逝去的朋友

仰起头　在水面上猛吸一口气

沉入水中之后

我会回忆起他们的音容笑貌

和各不相同的故事

一位忠厚善良的大哥

早年也富贵风光过

因为世道和运气

加上友人的背叛

击溃了他的尊严和银行卡

落魄时总找我倾诉

一心想着东山再起

可惜反复发作的癌细胞没有给他机会

生命的最后

仍然念叨着要康复身体继续工作

到了命运的悬崖边

他并没有做好离世的心理准备

还有一位要好的兄弟

在一场自导自演的空中飞行中

从三十七层楼梯间的窗户跃下

那是凌晨

从事后的监控来看

推开窗户的瞬间

他没有任何停顿和迟疑

就在当晚　他还说要等我一起喝酒

纵身而起时

他肯定心如死灰

放下了一生所有的感情和约定

游泳是孤独的运动

只能沉默着倾听自己

屏住气息时努力伸手抓住面前的水

才能挣脱沉沦

这时就能感受到

那些早逝者的不甘　无助

和自由呼吸是多么珍贵

所以　我每一次潜下去

都会在水中叹吁

然后使劲抬起头　全力冲出水面

2023 年 5 月 11 日

夜行列车

火车是快速而稳重的
对于大地而言
这些匆匆奔走的孩子
踩在两根细钢丝上
辗转于生活
始终明亮的眼睛穿透河上的雾色

没有谁比他更坚定
只向前方　没有什么可以阻挡
预报中山里的暴雨
平原上的雾霾
沙尘暴从天而降
海边的风浪把白色的盐涂在黑色铁轨上

没有谁比他的内心更温暖
孩子们吵闹之后
睡在妈妈疲惫的臂弯里
刚刚成为母亲的年轻女子远行
胸怀丰满　忐忑又安静
搂着孩子的手臂丰腴洁白

作为夜行的乘客
昏昏欲睡是一种依赖

和鲁莽又热情的高铁一起
我们穿过了一个又一个隧洞
义无反顾
扎进未来更深的黑夜里

2023 年 5 月 14 日

麦　熟

原野上

麦子开始成熟

大片大片的麦田里

开始有黄金慢慢裸露出来

远处村庄里屋顶的红瓦显得更红了

黄色麦田里散落的坟茔

都被葳蕤的绿草簇拥

骄傲地环视着即将丰收的土地

多像祖父生前笑着望向他的儿孙

可以想象

镰刀会被擦亮　露出雪白的牙齿

南风也会被喊回来

还有午后强劲干净的阳光

它们都要参与收割

做一个简单快乐的农民

这是一年里最好的时候

从此往后再没有饥馁　人世间都能温饱

2023 年 5 月 18 日

小　满

现在是初夏
雨水丰沛　放眼望去
江堤上鲜花怒放
堤内波涛滚滚奔涌
江水义无反顾冲向远方

南方已经入汛
江河湖泊心里总是有些不满
一场一场夜雨
岸边挺立的鸢尾和夜行人全身湿透了
倔强　不愿意委曲求全

不得不想起那年
在码头上　我们在初夏时各奔东西
江上的雾气汹涌而来
渡轮拉响低沉的汽笛
南来北往的旅客不知那晚投宿在哪里

如今世道不同了
时间也过去了很久
大家各有归途　彼此不曾联络
偶尔听说过一些远来的消息
叹息　对着灯火干了一杯酒

今日小满

意味着一定程度的丰盈

也有很多遗憾

甚至是惭愧

我努力抬起头　望向深沉的苍穹

2023 年 5 月 22 日

在湖边看人钓鱼

奏乐和唱歌的声音从湖对面飘过来
浅草丰茂的湖这边
青蛙也唱得起劲
只有钓鱼的人站着一动不动
沉默着　跟世界较劲

我们总是误解那些面如平湖的人
认为他们心里机关算尽
其实
他们可能前世就是个道士
没有杂念
只爱小声自言自语

湖上没有风　空气黏稠
湖边的枫杨树被粘住　困在水边

这时候应该下雨
洗刷一下心里的灰尘和
手臂上的汗珠
让低空翻飞的蝙蝠可以早一点回家
蚊子翅膀上露水湿重
树叶恢复嫩绿色
虽然此时月亮仍在高处

看着世间无法自救的众生

这时候应该下雨
一直下到明天清晨

2023 年 5 月 27 日

陪含璋看《堂吉诃德》

散场时
从琴台大剧院高高的楼梯上走下来
我对十四岁的女儿说：
你能听懂最后那段合唱吗？
那个老迈　迂腐　疯癫的瘦高个老头
带着大家一起唱响关于追梦的歌
（这时候我忽然嗓子发紧鼻子有点酸）
追求
旁人看来肯定实现不了
莫名其妙自以为是的梦想
才是真正的浪漫
无论周围的人怎么看怎么说
挺着木棍挑战风车
就像面对世间的不公和邪恶
没有左顾右盼
不退缩也没有丝毫犹豫
这是真正的勇敢　真正的英雄

说这些话时　我没有看我的女儿
旁边月湖上荷花盛开在月光下
有一阵微风吹来
带着荷花隐忍的清香

和莲藕在水下努力的生长

2023 年 6 月 4 日

白色的鸟

一只白色的鸟缓缓飞过
奋力从湖面上灰色的蜃气中
划开一条口子
像是要给烦闷的夏天
撒上一点咸盐

天气格外湿热
没有谁敢口出怨言
楸树和乌桕都垂下绿色的手臂
恭顺地站在路边
这时候没有风
像是永远不会起风的样子

毕竟刚刚进入夏天
危机才开始显露
炙热的阳光压在一棵枯草的叶子上
让人觉得　这个可怜人随时会被点燃

2023 年 6 月 11 日

端 午

一

在端午
今年　这条已经失速的轮船
毫无遮拦
冲向雨水深处

夏至　意味着时间过半
路旁的夹竹桃
从现在开始还可以再开三个月
用有毒的红花
装点岁月

江水暴涨
湖水也逐渐淹没岸边的鸢尾
风声已在各处酝酿
即将有事发生
绿林深处　野兽毛发濡湿
眼睛漆黑闪亮

除了鸟鸣和雨声
这一天格外安静

也预示着

未来响起的雷声

会长久地震荡在大地之上

闪电　会一直照亮剩下的征途

二

雨后的湖里

能听到巨型鲢鱼翻腾出水面

浪花激荡　马上又销声匿迹

夜已经很黑了

菖蒲之下的青蛙努力嘶叫

几只无影无踪的蝙蝠

铩羽而去　星光惨淡

高树之上　无名的大鸟时不时对着夜空

长啸又叹息

从岸边向山里纵深几百步

不速之客驻足很久

道观铁门紧闭

道士和神祇

早早偃旗息鼓　陷入沉睡

天上有隆隆的声音传来

不是雷声

也不是星辰坠落划破天际

很可能只是远方某人葬礼的鞭炮
或者一架载满夜行人的飞机刺穿云层

无论对于远方的灯火还是水边黯然的行人
荷花绽放在暗处　幽香袭来

2023 年 6 月 22 日

夏至之后

在夏至之后的一场旅行
会穿行在雨后翠绿的群山里
看着白色的云雾
从峰峦的额头缭绕而起
让人想起
夏收的辛劳之后
躺在屋檐下休息的老父亲点燃纸烟

南方大地仰卧着
奉献过春笋　早稻
和一部分酸甜的水果
这时候有些慵懒
田畴旁边的河流丰满起来
进入了青春期
岸边的草丛变得深厚了

未来会有更多的孩子和庄稼
需要抚养
所以此时在劳作的间隙
借着一场从昨天晚上就开始的降雨
树林和梯田都稍作休整
站在稻草人的肩膀上
一只灰色的雀子抖落羽毛上的水滴

火车从隧道里驶出
进入一大片开阔的平原
旅客们有人熟睡
有人望着窗外的原野出神

2023 年 6 月 30 日

午夜的红葡萄酒

如果在午夜谈及红色浆果的来历

天上的月亮隐入云层

这一定是个悲伤的话题

江湖还在雾气笼罩之下

被贬斥到南方的老诗人

醉心于烹调饮食

甘于在炎热中整晚守着炉火

那时食材匮乏　南方的食谱乏善可陈

但是　我们都爱吃肉

爱着那些不相干的世人

爱着那些嫁给行商的青衣女子

她们不曾生育

或者怀孕多年　眼角始终没有皱纹

眸子里闪烁着黑色的蜜糖

夜深了　此时仍然是美好的时刻

一滴殷红的葡萄酒落在手表剔透的玻璃面板上

2023 年 7 月 2 日

夏 夜

天特别高　细腻的奶白色的云朵
这么晚了都没有散去
已经午夜了
它们还浮在洁净　暗蓝色的半空中
一点睡意都没有
像是伏在很久没有见面的爱人怀里

樟树沉睡　高高的栾树也沉睡
它们都是本地土著　也是舅舅
习惯了早睡早起
那些趁着暑假才回来的鸣虫
这时候在草丛里合唱
远处的玄幻之鸟　喊出没有人能听懂的呼号

这是夏天的夜晚
深沉的夜晚
都知道此时清凉的微风吹过来　那么温柔
是因为有人爱着你
不辞辛劳而来
轻轻掠过湖面　抚摸芦苇的发梢

这清凉啊　只有多年前的情人
吹动自己额前刘海的瞬间

四处安静下来

我们辛苦奔波很久　已经老了

忽然抬头　月光落在脸上

一切都像宝石一样纯洁又珍贵

2023 年 7 月 4 日

火车路过故乡

太阳烧得通红

眼看着要落到北山后面去了

山前广袤的原野上

玉米还没有长大成人

瓜秧像是年轻寡妇　带着一串孩子

生活在杨树林旁边

果树们正借着夏日的余温拼命膨胀

能听到知了们在天地间合唱

呼唤泥土里的兄弟

在天黑以后出来会合　一起做点大事情

这些一茬一茬的生命和作物

在光明又温热的夏日傍晚

茁壮　无知又顽强

火车上的旅客路过故土和黄昏

奔向背井离乡的夜晚

2023 年 7 月 19 日

暴雨没有如期而至

已经凌晨了
预报中的雷雨并没有如期而至
但是人们心里凉快多了
除了彻夜工作的卡车和高架桥
世界安静下来
孩子在母亲臂弯里酣睡
天空变得高远
像是美好的未来　张开怀抱迎接奔赴
一些满怀善意的云朵看上去那么近
带着抚慰　掩藏住黑暗

这是个幸运的仲夏夜晚
雨　一定下到了别处和别人的生活里

2023 年 7 月 23 日

晚上抵达吴忠

月亮消蚀得只剩下小半边

挂在西边不高的半空中

那边有沙漠　红柳　骆驼刺

一条大河流过

河水无声　漫上野草丰茂的滩涂

我看不到河水

但是能从黑暗中

感受到风

感受到湿润和绿洲的生机

还有来自更遥远的北方的冰凉

远处微弱的灯火闪烁

又消失在白杨树的身后

无数手掌一样的树叶哗哗作响

这是一个适合匹马走天涯的夜晚

路边的石头　却深深陷落进塞上江南

2023 年 7 月 25 日

月光落在湖面上

清风和蝉鸣一起渡水而来
不同的是　八月的风掠过乌桕细密的叶子
暴躁之后难得的温柔
都给了路上陌生的行人
（如同一个笑容尴尬的父亲）
知了裹紧黑色胸甲　抱紧树枝
声嘶力竭呼喊着　使出吃奶的劲头
因为命运的纠缠无法摆脱
在最后的时刻把刺扎进母亲的身体
多么不同的人生啊
没人知道别人的幸福和苦楚

月光落在湖面上
只有她愿意把银子赠予人间
夜钓的人不知悔改
一次一次　把诱饵抛向半空

2023 年 8 月 1 日

远方暴发山洪

月亮在天上

脸庞圆润

像是面膜还来不及撕下的少妇

伴随着周遭夏虫高声鸣叫

她把光芒洒在建筑和树木的头顶

白色　绿色　金色

都不重要

洪水已经漫上堤坝

泥土张开血盆大口　吃下一栋一栋房子

像螳螂吞噬爱人

那些疲惫的人

身体被五百年一遇的大雨掏空了

化为顽石　裹挟在滚滚而来的山洪里

月亮在天上

我站在一块干燥的土地上　我们相视

彼此不知道说什么才好

2023 年 8 月 3 日

失　眠

对于土地　我越来越陌生了

再也没有在夜深人静的时候

听到她低沉缓慢的呼吸

听到她松弛下来　打开身上每一个毛孔

玉米的黑暗森林里　秋虫低声约会

棉花在月光下盛开

微风送来隐忍绵长的花香

大地会轻轻吟唱　我曾经常听到

有时会被远处村里的犬吠声打断

有时在天边流星划过的一瞬

听得格外清晰

直到后半夜　散发着白色光芒的土路上

杂沓的脚步声响起

这是早起的人已经出门奔前程

奔前程的人最终离开了故土

在夜不能寐时　只能听到自己深深的叹息

2023 年 8 月 12 日

初秋的幻象

在秋天袭来的时候

还有什么能比夏虫一连串的协奏

更辉煌又悲怆

顾不上争斗了

一起歇斯底里来奏起交响乐

樟树木讷　榆树也木讷

任凭反革命分子高歌　同时

在微弱的月光下翩翩自舞

那么地孤芳自赏自以为是

一如视死如归的蚕蛾

羽翼如刀　杀向自己的命脉

这些都是幻象　我们很快会归于认真思索

归于一丝不苟的生活

2023 年 8 月 15 日

暗红色的月亮

月亮是暗红色的
和路边烧烤摊老板的脸庞一样
铁皮炉子里的火光忽明忽暗
一颗汗水从鼻尖滑过
噗的一声溅在殷红的木炭上
月亮旁边的两粒星辰抖动了片刻

路旁的合欢树花期已过
树下的长椅上空荡荡的
既没有凋谢的花蕊落在上面
也没有枯黄的树叶
只有心事重重的人
在树影下久久徘徊

天气毕竟凉快了
生活变得稍微容易了一些
晚间的风迎面吹来
带着丝丝无奈和悲悯
不再像以前
炙热的愤慨终于释然

再往后
日子会越来越好过

你听　草丛里蟋蟀的歌声婉转了很多
烧烤摊老板停下手里的劳作
长吁了一口气
对着夜空　仰头举起一瓶啤酒

2023 年 8 月 26 日

茅草成熟了

秋天的凉意已经随风四处蔓延

树林深处的知了还在嘶喊

一半为了追忆恢弘的盛夏

它们身处其中的

曾经那么热烈的岁月

另一半是哀叹命运的急转直下

今天的夕阳

把红色晚霞涂在西边的山头

也涂在柳树枯黄憔悴的枝条上

手术刀一样锋利的柳叶

战栗着

切不开薄暮的笼罩

路旁茅草的穗子都成熟了

那么多细小卑微的种子被举向天空

只有它们不悲不喜

像是这个时代真正的主人

2023 年 8 月 26 日

月光的囚徒

那么丰满美丽的月亮
被人遗忘在云层旁边
也有人把那么珍贵的金粉
撒落在空旷的湖面上
让水中孤独的鱼和岸边行人
披上黄金袈裟
化身心怀慈悲的修行者

秋天的风轻盈
从枫杨树肥厚的绿叶上跃过
偶尔被水杉的针叶扎了脚踝
枝头夜宿的无名之鸟发出一声惊叫

湖边长椅上坐着的人像是月光的囚徒
仰着头沉默不语
仿佛要等到世界全部陷入黑暗
才能重获自由

2023 年 9 月 1 日

黑猫与即将坠落的白果

一只黑色野猫从路灯的光晕下蹿出

潜入灌木丛的袍子里

秋风在沥青路面上掠过

路旁的桂树还没有开花

还没有香气袭人

叶子却时不时微微颤动

而东边半天上唯一的星辰

暗淡下去

像是守门的人闭上了眼睛

走夜路的人驻足在银杏树下

这时候适合倾听

从秋虫断续的唱腔里识别深意

和一枚即将坠落的白果一起

决定是回头　还是勇敢走向黑暗深处

2023 年 9 月 8 日

小野花店（二）

"临近节日的这些天
订花的人很多"
小野花店的老板娘牙齿雪白
手里握紧一束紫罗兰

于是年轻的店员引我去后面的仓库里
挑选葵花
那么多各种各样的花朵鲜艳
满满当当挤在一起
看来
有许多生活需要装点
有许多爱情需要挽留
有许多秋天的悲伤
需要远处春天的
温暖和芳香来抚慰

外面阳光仍然火辣尖锐
街道上烟尘四起
这是一个艰难的季节
好在　还有这么多美好的事物
从遥远而广阔的花田里被送来
为了医治
我们就像等在门口的患者

认真等待一朵花喊出名字

2023 年 9 月 8 日

火车穿过一条河流

深秋的夜色淹没了华北平原

路旁的树木和灯光

看上去有些颓唐

但是特别温柔

尤其是远处楼房上

那一个个点亮的客厅和厨房

结束了劳作　晚上回家的男人

带着潮湿的气息推门进来

灶台上的火焰和锅里的热水

会帮他褪去一身疲惫

火车在此时穿越一条河流

能看到桥下的流水安静平缓　波光闪烁

2023 年 9 月 16 日

秋　汛

整个湖北都在下雨
到处都湿透了

起码是洞庭以北
向上回溯　直到荆江的左岸
广阔的江汉平原上
晚稻收割以后的茬口还留在田里
尖锐的植物用残躯刺向虚无的夜空
迎接从天而降的雨滴
如刀口上舔血
秋汛从塘陂里涨上来
淹没那些不肯就范的硬骨头
这时候田野里没有幸存的庄稼
没有幸存的遗民
田鼠逃难到坟茔高处　望着秋水兴叹

风声　离开我们之后一定会掠过大堤
茫茫的江面上微波如鳞

2023 年 9 月 18 日

十月的风和月亮

十月的风从远处山峦上刮过来

在湖面上刻下无数的皱纹

一下子就让这个世界变得老气横秋

湖边的柳树挥舞衣袖

不想成为一无所有的寡妇

月亮承担着救赎的角色

这时温暖　脸庞丰满

黄昏时就来到人间

甚至有些羞怯

像是刚刚嫁到穷人家的新娘子

夜晚安静下来的时候

不知道如何与世界交谈的孩子终于释然

发出轻微的鼾声

远处有隆隆的声音隐约传来

希望这是今年最后的一场雷雨

2023 年 10 月 1 日

木芙蓉和狼尾草

秋天的马蹄铁磕在青石板上
溅起闪烁的火花　一瞬即逝
猎户星座在东边偏南的夜空
星星们比往常更拥挤
菁草修长的叶尖指向虚无
那么绿那么尖锐
但是
已经有隐隐的露珠挂在夜幕上

那些软弱的无骨的辞藻
怎么能够形容此时路边仰着脸庞
盛开的木芙蓉
悲情的繁花　知道霖雨将至
树下开始枯黄的狼尾草
一生瘦骨嶙峋
始终尾随着命运安排给它的猎物
直至野火来袭

一场事先张扬的谋杀
在秋虫婉转悠扬的清唱声中
阵阵桂树的花香浓郁
让路上的行人忘记了身在何处
忘记了不久的将来

没有谁愿意和此刻仍然开放的花朵

仍然低吟的歌手

一起笑着唱着　视死如归

2023 年 10 月 7 日

秋天占领了软件园

秋天已经完全占领了软件园

从楼上的窗户望出去

有的树木已经投降

栾树头顶着染成红色的头发

落叶松把一身的尖刺抖落到地上

也想做个向过去告别的人

这时候会很残忍

特别是湖边的柳树

很快就要一无所有了

虽然它们腰肢绵软　特别温柔

只有楼下不合群的枸骨木

沉默着　叶子边缘的箭镞和

树干上长着的匕首

在月光下发出细微的寒光

是啊

孤独的人在秋天会更孤独

因为此时天空和月亮高高在上

孤独的人显得比任何时候都更渺小

2023 年 10 月 12 日

湖上有雾

湖上有雾
岸边落光叶子的银杏树上有喜鹊
它们大声喧哗
对于秋天的到来
似乎欢喜大于悲伤

水边钓鱼的人呆坐着
望向朦胧的未来
他面前
成片的水葫芦开着紫花
这些绿色的侵略者
俨然已经成为傲慢的主人
周围的本地莲花
高高举着枯萎的莲蓬
像是失独的老夫妻
叶子残破　在风中摇摆

湖对面的楼房　道路　山丘
都看不清楚
大家都在等待
等待芦花上的露水散去
等待阳光　穿透雾霭而来

2023 年 10 月 29 日

早晨的阳光

早晨的阳光落在木头地板上

这些温暖穿过
中国农历九月的寒意
来到我们面前
甚至是越过一些被积雪覆盖的地方
一些灾难之后的废墟
暗夜之后仍然没有消散的烟尘
战壕里还没有醒来的年轻人
他的手指黝黑
在梦中抓住死神的黑袍子

这个早晨
阳光依然干净单纯
愿它把光明和慰藉
洒到每个善良人的脸上和身上

2023 年 11 月 7 日

机枪和月亮

当机枪闭上嘴巴和眼睛

黑暗来得如此迅速

遥远的　遥远的极寒之地

金属冻住金属

一颗亚光色的手雷在雪地上留下惊叹

内心的烈火被湮灭

它仍挂在死者的腰带上

我从江上路过

两岸灯火安静闪耀

从酒席起身离开的人们

赶往另一场夜宴

风中开始有些寒意

路边等待的年轻女子

伸手捂住单薄的衣襟

如果不是车上的收音机

没有谁会在意天上的月亮

她因为悲伤或者羞愧

只剩下一根细长的弯钩

不冷不热

一头钩住白沙洲大桥上的悬索

一头钩住静静的顿河

2023 年 11 月 20 日

康　堤①

一

记忆中的康堤总是在下雨
一副理所应当　湿漉漉的样子

佛陀的牙齿雪白
放在漆黑的柜子里
由两头年老的大象守护
大象的牙齿泛着黄色
像是用了很多年的门把手

康堤湖
还是那么深沉
好像从来没有感冒
也没有咳嗽过
月桂和桉树
静静站在湖边山冈上

① 康堤（Kandy）是斯里兰卡 16 世纪时的旧都，距离科伦坡 115 公里，是斯里兰卡第二大城市，"中国-斯里兰卡水技术研究与示范联合中心"位于康堤城外佩拉德尼亚大学旁的马哈韦利河边，我在佩拉德尼亚大学获得环境学博士学位。

城堡还在山的另一边
榕树胡须更长了
一枚成熟的莲雾果实
落在马哈韦利河岸
河水浑浊　独木舟顺流而下
轻易越过鳄鱼的家园

一棵在燃烧的凤凰树
高举鲜红的火焰
康堤　清贫的中年男人
微笑着走过来
在我的肩膀上
拍了一下

二

裹着红袍子的僧侣
迈着缓慢的步子
仿佛要从一场阵雨
走进另一场阵雨
吹唢呐的人和捧着花朵的少女
那么虔诚

低空中　黑色的鸟群云集
啸叫着

沿着街道
飞在游行队伍的最前列

佛陀被塑成高大的塑像
腹部微微隆起
微笑着站在一棵雄伟的菩提树下
他的眼睛望向人群
盛满慈悲

这时候　城市停电了
一切都隐没在暗淡又透明的夜里
只有天上的星辰闪耀起来
让山中的湖泊安静　湖面有微光
荡漾着对天堂的模仿

三

出门会看到火燃烧在树枝上
会看到活了几百年的铁木摔倒进湖里
像是一个壮汉
匍匐在自己的血液里
会看到枝丫已经枯死很久的炮弹树
主干上开出一朵绚烂的花
会看到巨大无朋的蝙蝠
倒挂在菩提树的叶子之间
它们空洞的眼睛

白天盯住大地　　夜晚盯住天空

一个乞讨者
抱紧怀里赤裸的孩子
一个穿着明黄色袈裟的僧人
捧着的盘子里盛满白色花朵
在微风中
走进寺院的铁门

在康堤　　上午阳光越过山脊
洒在每个屋顶和行人脸上
下午会有一场雨
更像是佛陀的布施
淋湿
每一段道路
每一颗将要成熟的芒果
黑色乌鸦的每一根羽毛和每一声鸣叫

四

从土里和石缝中捡起来的
十颗铁木的红色种子
从掌心
被小心翼翼放进口袋里
一座森林从此酝酿
这个山中小城被佛陀俯视

它所有的树木　花朵　飞鸟
水中的鱼和湖边的蜥蜴
都平凡安稳
在晴雨交替中度过一生

河水源头
山上的灯光如神像座前的烛火摇曳
不是为了照耀远方
只是为了给你　面前的一小片光明

2023 年 12 月 12 日

图书在版编目（CIP）数据

软件园的森林 / 武治著. -- 武汉：长江文艺出版
社，2024.10. -- ISBN 978-7-5702-3756-2

Ⅰ. Ⅰ227

中国国家版本馆 CIP 数据核字第 202497AF21 号

软件园的森林
RUAN JIAN YUAN DE SEN LIN

责任编辑：谈　骁　　　　　　　责任校对：毛季慧

封面设计：姜　陈　　　　　　　责任印制：邱　莉　　王光兴

封面题字：武含珍

出版：长江出版传媒 ｜ 长江文艺出版社

地址：武汉市雄楚大街 268 号　　　邮编：430070

发行：长江文艺出版社

http://www.cjlap.com

印刷：湖北新华印务有限公司

开本：880 毫米×1230 毫米　　　1/32　　印张：7.125

版次：2024 年 10 月第 1 版　　　2024 年 10 月第 1 次印刷

行数：4260 行

定价：49.00 元
